ゆうべ、もう恋なんかしないと誓った

唯川 恵

ハルキ文庫

角川春樹事務所

ゆうべ、もう恋なんか
しないと誓った

目次

電話　131

決心　141

欲　151

部屋　161

執着　171

しっぺ返し　181

隣の女　191

勝負　201

主婦の座　211

思い込み　221

運命の人　231

文庫版あとがき　240

解説　鎌田敏夫　242

恋の不条理　7
幸福の代償　17
女ともだち　27
壊れゆく女　37
美人の顚末　47
恋の決め手　57
嘘つき　67
結婚の条件　77
天敵　85
いつまでもいつまでも　95
愛される女　105
罠　115
計画　123

恋の不条理

た。

「あんな男、かかわっていても不幸になるだけよ」

友人は親切に忠告してくれたが、そんなことぐらい、麻子《あさこ》はもうずっと前から知ってい

自分勝手で、お金にだらしなく、怠け者で、整った顔立ちが女の興味をひくのをいいことに、散々ひどいことをしてきている。

そんな郁夫《いくお》との付き合いは大学生の頃からだから、かれこれ十年近くになる。

彼はあの頃からそうだった。悪い噂《うわさ》には事欠かなかった。

かつて、麻子は郁夫に対して辛辣《しんらつ》だった。仲間のひとりとして、言いたいことは遠慮せず言ったし、彼の前で女らしく振る舞うようなこともしなかった。もちろん、郁夫がとっかえひっかえして連れ歩く女たちのことを詮索《せんさく》したりもだ。

当然、彼の方も同じ態度で麻子に接していた。早い話、男とか女とかいう面倒な部分をみんなとっぱらった、気楽な付き合いだった。

その頃、麻子は郁夫に興味がなかったからであるというのは、まったくの嘘《うそ》だ。

麻子は常に郁夫を見ていた。新しい女の噂を聞くたび、狂おしいほどに郁夫を求め、その気持ちを持て余した。

けれども、どういう距離を保つことが快適な関係を維持してゆけるかということも、ちゃんと把握していた。

恋愛は終わる。けれども友情なら終わらない。

郁夫の前に現れては消えてゆく女たちを眺《なが》めながら、麻子は後者を選んだ。

やがて大学を卒業して、麻子は中堅の商社に就職し、新しい人生が始まった。

時折、学生時代の仲間が集まって飲む機会があった。誰もがそれぞれに安定した職業を持ち、どことなく顔つきが弛《ゆる》み始めている中で、郁夫は就職した会社をあっさり辞《や》めて、転々と職を変えていた。

「向いてないんだよ、サラリーマンってものが。決まり切ったことを繰り返していると、頭が変になってくる。おまえたち、よくやっていられるな」

と、どこか小馬鹿にしたように言う郁夫の態度に、仲間たちは反感を持っただろう。しかし、すでに大人になった者の余裕として、誰も面と向かって言い返すようなことはしなかった。

卒業して三年が過ぎた。

いつもの仲間たちとの飲み会に、郁夫は時間に大幅に遅れ、その上、したたま酔ってやってきた。よれよれのTシャツにブルゾン、ジーパンという格好だ。相変わらず定職を持たず、ふらふらしていると言う。

「おまえもそろそろ腰を落ち着けろよ」

と、公務員になった仲間のひとりに言われて、郁夫は頰《ほお》に皮肉な笑みを浮かべた。

「余計なお世話なんだよ。税金を食い物にしているダニのようなおまえに、そんなことを言われる筋合いはないね」

さすがに、別のひとりがその発言を諫《いさ》めた。郁夫は頰を引き締めた。酔いに、どこか狂暴なものが加わっていた。

「エラそうなこと言うんじゃないよ。サラリーマンは黙って、上にへこへこ頭を下げて、自分の身の安全だけ考えてりゃいいんだ」

言われた相手は喧嘩《けんか》腰になった。それを別の仲間が抑えた。飲み会はひどく気まずいものに変わって、何人かが帰って行った。

麻子は困惑しながらも、席を立てずにいた。郁夫の言っていることはめちゃくちゃだったが、自分も会社という組織の中にいて、サラリーマンたちがいかに臆病《おくびょう》で従順で、小賢《こざか》しく生きているか目《ま》のあたりにするようになっていた。

郁夫の言っていることは青臭くてひとりよがりに違いないが、そんな思いをストレートに持ち続けている彼に頷《うなず》く自分もいた。

最後まで残ったのは、麻子と郁夫と、もうひとり植田《うえだ》という仲間だった。植田は人柄が穏やかで、女にとっても心から安心できる男だった。大して話すこともなかったが、結局、三人で朝まで飲んだ。

始発の電車が動きだし、それをきっかけにそれぞれに自分たちの沿線を走る駅に向かった。

乗客はまばらだ。さすがに疲れた。席に座って目を閉じると、誰かが隣に座る気配を感じた。麻子はうっすらと目を開けた。驚いた。郁夫がいる。

「どうしたの」

「泊めてくれ。帰るところがないんだ」

「だって」

「いいだろ、友達なんだから」

友達という言葉に、麻子は迷った。そうだ、友達なのだ。学生時代にも、狭いアパートに仲間が何人も雑魚寝《ざこね》して泊まっていったことがある。

「昨日、女に追い出された。俺みたいな甲斐性《かいしょう》なしにもう用はないってさ。まあ、その通りだからしょうがないけどさ」

「自業自得ね」

呆《あき》れて言うと、郁夫は叱《しか》られた子供みたいに首をすくめた。その仕草につい麻子は笑っていた。笑うことは許すことだ。結局麻子は郁夫を自分のアパートに連れて行った。

友達だから泊めた。友達だからシャワーを貸した。友達だからTシャツとスウェットパンツを用意した。友達だからベッドの上と下で横になった。そして、友達だからの延長上で、セックスをした。

目覚めた時、麻子はひどくきまりが悪く、わざとはすっぱな言い方をした。

「こんなことで、私たちは何も変わらないわよね」

それは自分を守るひとつの手段のようなものだった。

「当たり前だろ」

けれども、郁夫のその答えを聞いた時、少しもそれを望んでいない自分を確信し、麻子は唇を嚙《か》んだ。

どうしてそんなことを言ってしまったのだろう。

それから、郁夫は時折、麻子のアパートを訪れるようになった。たいてい連絡もなく不意にやってくる。そんな郁夫のために、麻子は予定を入れず、真っすぐにアパートに帰ることが多くなった。郁夫のために料理を作ったり、パジャマを揃《そろ》えたり、新しいコーヒーカップを食器棚に加えたりした。

そんなことをしてはいけない。友達は、そういうことはしない。

もちろん、そんなことはわかっていた。用事がないのに電話をしたり、他の女のことを詮索したり、休みの予定を尋ねたりすることもしてはいけない。

だってこれは友情であって恋愛ではないのだから。

それだけははっきりしていた。

たとえ郁夫とベッドの中で、お互いの身体《からだ》を隅から隅まで舐《な》め合おうとも、離れた瞬間、友達に返る。

けれども、それを考える時、麻子は言い知れぬ屈辱感にまみれた。

「私はいいように利用されているだけ。今度来ても、絶対にドアはあけないわ」

そう何度決心しただろう。けれども、郁夫の声を聞くと、その決心はいつも容易《たやす》く翻《ひるがえ》ってしまう。

女友達は口を揃えて「あの男はやめた方がいい」と言った。

たくさんの悪い噂も聞いた。麻子も、悪口なら尽きぬほど言えた。

憎い、悔しい、腹立たしい。

けれども、郁夫と肌を触れ合う時のあの一瞬は、それらと引き替えにしてもなお余りある恍惚《こうこつ》とした幸福を与えてくれるのだった。

愛《いと》しいと思う。こんなにも切なく激しく、郁夫を求める自分がいる。


突然、結婚を申し込まれた。

相手はあの時、三人で最後まで飲んだ植田だ。

「あいつと付き合っているのは知っている。でも、学生の時からずっと好きだった。やっと気持ちを伝える決心がついた」

設計事務所に勤める植田は、まじめで誠実な男だった。そのことは誰もが認めているし、何より麻子がよく知っていた。驚きながらも、実は心のどこかで、植田の気持ちには薄々気づいていた。女は、自分に好意を寄せる男に対して、残酷なくらい気づかないフリができる生きものだ。

何回かデートを重ねた。植田といると穏やかな瀞《とろ》に身を任せるような安心感が得られた。周《まわ》りの誰もが賛成した。両親も喜んでくれるに違いない。植田と結婚すれば、幸福がとてもわかり易《やす》い形で目の前に差し出されることになる。

それでも麻子は踏み切れずにいた。

「何が不満なの？　どうして決心がつかないの？」

そんな疑問を親しい女友達に投げられるたび、麻子もそれを考えた。

結局、どこかで郁夫への期待が捨てられないのだった。

もしかしたら、郁夫も自分と同じ気持ちでいるのではないか。今さら「好きだ、愛してる」なんて口に出せなくなっているだけなのではないか。

今、もし植田と結婚すると言ったら、郁夫はどうするだろう。慌《あわ》てて自分を引き止めようとするだろうか。今までとは違って、もっとまともな男に生まれ変わろうとするだろうか。

隣の部屋がボヤを出したのはそんな時だ。

類焼はしなかったが、消火の巻き添えで、麻子の部屋も水浸しになった。何をどう手をつけていいのかわからず途方に暮れていると、植田が駆け付けてくれた。

茫然《ぼうぜん》とした麻子のために、部屋の後片付けから、大家との交渉、新たな引っ越し先の面倒まで、少しもいやがらずにみてくれた。

麻子は植田に感謝した。こんなにも自分を大切に思ってくれている相手が、この世で他に誰がいるだろう。

郁夫と言えば、連絡はとれたにはとれたが、何をしてくれるというわけでもなく「そうか、大変だったな」という短い言葉があっただけだ。

麻子は失望した。たぶん、彼は一生そのままだ。変わることはない。

もし植田の思いを受け入れたなら、幸福がはっきりとした形となって手に入る。今回のことでそれが実感として感じられた。

そう、わかっている、わかっている、すべてはみんなわかっている。

なのに、結局、麻子は植田の申し出を受け入れることができなかった。

どんなにくだらない男でも、先の見えない関係でも、郁夫が与えてくれる恍惚感は、他のどの男も与えてはくれないのだった。それはセックスのことばかりではなく、彼の仕草や匂《にお》いや声という、何気ないすべてが麻子をひきつけてやまないのだ。

たぶん、いつか失ったものの大きさに愕然《がくぜん》とし、激しい後悔に心が絞り上げられるだろう。そんな自分の愚かさもわかっていながら、それでも麻子にとって恋はただひとつであり、求めるのは郁夫しかいないのだった。

恋と幸福は違う場所にある。

そのことを、麻子は不安にかられながらも認めるしかなかった。

幸福の代償

彼と結婚できるなら何もいらない。

人から何を言われようと耐えられる。こんなに愛した人は他にはいない。一緒に生きてゆけるなら、すべてを失ってもいい。

浜野が結婚していることは、最初から知っていた。まだ幼いふたりの子供がいることも、ついでに言えば、奥さんとあまりうまくいっていない話も、どこからともなく耳に入っていた。

職場で出会って一年。

仕事上の付き合いから、その存在が少しずつ変わってゆくのを、宏美《ひろみ》は怖《おそ》れを抱《いだ》きながら感じていた。けれども、たとえ多すぎるくらい目が合っても、書類を渡す時にふと触れる指先がじんじん痺《しび》れても、宏美はあくまで同僚という枠の中で接するように努めてきた。そうすることが仕事も人生も、スムーズにやり過ごせるのだということくらいは知っていた。

だいいち、宏美にはすでに結婚を約束した男がいた。彼、本田とはもう三年近くの付き合いで、そろそろ来年あたりに式を挙げる予定だった。双方の両親たちも大乗り気で、あとは日取りを決めるばかりだ。

もし、あの夜、雨が降らなければ、宏美と浜野は互いの思いを胸に秘めたまま、人生の中に置き去りにすることができたかもしれない。

飲み会の帰り、たまたまふたりで帰ることになった。週末の上に、急に雨が降って、タクシーがなかなかつかまらず、雨宿りのつもりでショットバーに入った。こんな形でふたりになるのは、初めてだった。

浜野は相当飲んでいたが、少しも酔ってはいないように見えた。酔おうとしても、酔いに見離されたような感じだった。

「結婚、するんだって？」

唐突に尋ねられた。驚くというより、それをとうとう浜野に知られてしまったことに宏美はうろたえていた。

「誰がそんなこと」

「やっぱり本当なんだ」

「ええ、まあ」

曖昧《あいまい》に答えた。

浜野が何か言ったような気がして、宏美はいくらか顔を近付けた。

「えっ？」

「ずっと、好きだった」

その時の気持ちを何と表したらいいだろう。ひどく罪深いことをしてしまったような、甘美な思いに身体《からだ》を鷲摑《わしづか》みにされたような、動揺と喜びとに、皮膚の内側が熱く溶けだしてゆくようだった。

その瞬間、逃れられないと思った。浜野からではなく、自分自身の気持ちから、もう逃れられない。

関係は始まってしまった。

それはまさに、しまった、という言い方がぴったりだった。お互いの気持ちを確かめ合うと、思いはもう止めることができず、今まで、どうして抑えて来られたのだろうと不思議になるくらいだった。

「妻に離婚を切り出した。もともと、壊れてたんだ。君のせいじゃない。早くすっきりして、君と一緒になりたい」

その言葉を頼りに、宏美は宏美で、本田との婚約を解消するためにさまざまな行動を起こさなければならなかった。

本田は優しく善良な人だ。そんな本田を傷つけなければならないことに、激しく自己嫌悪した。すべて自分の我儘《わがまま》だということはわかっている。それでもこの我儘だけは通さなければならない。もう、浜野なしの人生なんて考えられない。

浜野の妻が、会社に乗り込んで来たのは、それからしばらくたった頃だ。

昼食時の社員食堂で、浜野の妻はまっすぐ宏美に近付き、テーブルの上にあったコップの水を思い切り顔にかけた。それですべてが知れ渡った。その日から、同僚や上司たちの軽蔑《けいべつ》と嫌悪の混じったよそよそしい視線が向けられるようになった。

浜野の妻はそれだけでは収まらず、宏美の両親にまで訴えた。

「おまえをそんな娘に育てた覚えはない」

父に殴られたのは初めてだった。けれども、つらかったのは殴られたことではない。父の泣く姿を見たからだ。

ごめんなさい、この言葉以外にいったい何が言えるだろう。

結局、宏美は会社を辞《や》めることになり、浜野も支社に異動になった。

「何も心配しなくていい。君がそばにいてさえくれれば、後のことは大したことじゃない。なあに二、三年でまた本社に戻ってみせるさ。すべては仕事で巻き返してみせる」

浜野の言葉に、宏美は幸福を噛《か》み締めながら頷《うなず》くだけだった。

浜野は身の回りのものだけ持ち、自宅マンションを出て、アパートに移った。勘当同然で、宏美も家を飛び出した。２ＤＫの古くて小さなアパートだが、これからは誰にも気兼ねせずふたりで暮らせるかと思うと、涙が出るほど嬉《うれ》しかった。

浜野の離婚が成立したのは、それから一年近くもたった時だった。

だからと言って結婚式など挙げられるはずもなく、ふたりは近所の教会に行き、神さまの前で誓い合った。それからすぐに役所に行って、入籍の手続きをした。もう妻であり、夫だった。誰からも愛人などと呼ばれなくて済む。

毎日が幸せだった。夜、眠る時にそばにいること、朝、目覚めたらそばにいること。それだけで、この世のすべての人に感謝したくなるほど幸せだった。

浜野の給料からは、子供ふたり分の養育費六万円と、もとの妻子たちが住むマンションのローンの半分の四万円、計十万円が毎月支払われる。わずかにあった貯金も、慰謝料ということで、すべてを渡してきた。そして宏美の方も、浜野の妻から慰謝料の請求をされて、貯金していた二百万円を支払ってしまい、今はからっぽの状態だった。

家計は苦しかったが、それくらいの覚悟はとうにできていた。宏美も少しでも家計の足しになるようにと近所のパン屋へパートに出るようになった。

毎日が幸せだった。愛する人と一緒に暮らせる、裸でいくらでも愛し合うことができる、それに勝るものなど何があろう。

半年が過ぎ、一年が過ぎた。

生活は相変わらず苦しくて、化粧品はマーケットの安物になり、新しい服などもちろん、レストランでの食事や、好きな映画を観《み》ることさえ我慢しなければならなかった。それでも、毎日を楽しんで暮らしていた。

妊娠がわかったのは、そんな時だ。

彼の子供ができたことは宏美にとって大きな喜びだった。彼の帰りを待って、そのことを告げると、期待とは違って、戸惑《とまど》うような表情が返ってきた。

「嬉しくないの?」

「嬉しいさ、嬉しいに決まってるだろう。ただ、こんな状態で、果たしてちゃんと子供を育てられるんだろうか」

浜野は静かに目を伏せた。

「本社には、まだ当分戻れそうにない。この不況に、ただでさえ給料は少なくなったというのに、月々の養育費とローンの半額を払い続けてゆかなければならない。子供たちが十八歳になるにはまだ十年以上ある。ローンとなれば二十年だ。ここのアパートの家賃だって払わなくちゃならない。子供ができて、保育所に預けて君にも働いてもらったとしても、保育料だってバカにならない。将来、子供の教育費にどれくらいかかると思う。正直言って、十分なことをしてやれる自信は、今の僕にはないんだ」

肩を落として言う浜野に、返す言葉はなかった。何とかなるわ、と言える楽天さは、今の宏美にもなかった。

ふたりでいられるなら、それだけでいい。そう決心して一緒になった。子供を望むなんて贅沢《ぜいたく》なことなのかもしれない。実際、今だって給料日前になると、胃がキリキリするほど家計は逼迫《ひっぱく》してしまう。

噂《うわさ》で、本田が見合いで若い女性と結婚をし、郊外に一戸建てを買ったという話を聞いたのはそんな頃だ。そのことにホッとしながらも、どこか気持ちが沈んでゆくのを感じた。

もしあの時。

そう考えそうになる自分が怖かった。

自分には浜野がいる。人生をいちばん愛する人と共に生きる喜びがある。

結局、子供は諦《あきら》めることにした。もう少し、生活に余裕ができたら、その時はきっと。

まだ人の姿にもならない子供に何度も謝りながら、病院で処置をした。

久しぶりにデパートに行ってみた。買うものなどなくても、ぶらぶら見て回るだけでも楽しいし、いくらか気が紛《まぎ》れる。

子供服売場に来て、宏美はふと足を止めた。服を選んでいる母親と、子供がふたり。間違いなかった。浜野のかつての妻と子供たちだ。

かつての妻は、洒落《しゃれ》たパンツスーツをすっきりと着こなしていた。ブランドのバッグに、ブランドの靴。手首にちらりと覗《のぞ》く腕時計もブランド製品だ。あの頃より、表情が柔らかくなって、綺麗《きれい》になっている。何より、とても幸福そうに見えた。

あのふたりの子供のために月六万、そして、決して宏美が住むことはないマンションのローンの半分、それをこれからも延々と払い続けてゆかなければならない。残してきた浜野の預金、支払った宏美の預金、それらを手にして、あの三人はあんなにも幸せそうに暮らしている。

宏美はゆっくりと背を向けた。

いいや、私の方がずっと幸せだ。愛する人と一緒に暮らしていられるのだから。あの人のために食事を作り、一緒に笑い、ベッドで抱き合っていられるのだから。この幸せはお金にもマンションにも代えられるはずもない。

　幸せだ、幸せだ、幸せだ。

　そう呟《つぶや》きながらも、自分の足元がぐらぐら揺れているような気がして、宏美は思わず立ち竦《すく》んだ。

女ともだち

夜、ドアの向こうに可奈《かな》の姿を認めた時、江里子《えりこ》は身体《からだ》から力が抜けるのを感じた。

「今夜、泊めてね」

「あのさ、可奈」

けれども可奈は耳を貸そうともせず、大きなスーツケースを下駄《げた》箱の前に置いて、どんどん部屋の中に入って行く。

「ビールもらうわよ」

と、可奈は冷蔵庫からそれを取り出し、喉《のど》に流し込んだ。小さな喉仏が上下する。それを見つめながら、困ったことになったものだと、江里子はぼんやり考えていた。

十日前、可奈は結婚した。新婚旅行はタヒチだ。今日が帰国日で、本来なら新居となる代々木のマンションに帰るはずである。けれども、こうして江里子の部屋に直行している。

ビールを飲むと、ふぅ、と息をついて可奈が顔を向けた。

「やっぱりイヤ、あの男とは死んでもイヤ」

「でもね、可奈」

「だから式の前にキャンセルすればよかったのよ。とにかく予定されたものだけはやってくれないと親戚《しんせき》に顔向けできないって言うから、仕方なくそうしたけど、やっぱり駄目なものは駄目」

そうして、続けて一気にまくしたてた。

「両親の考えはわかってるわ、式をして旅行に行ったら、私の気も変わるだろうって踏んでたのよ。でもそうはいかないわ。変わるわけがないじゃない。両親の頼みはちゃんと聞き入れたんだから、これでもう堂々と終わりにできるわ。ねえ江里子、しばらくここに置いてね。私、もうどこにも行くところがないんだから。だから、ね、お願い」

「それはいいけど……」

「よかった。じゃ、シャワー借りるね」

可奈はさっさと立って、玄関に置いてあるスーツケースを開き、洗面具の入ったポーチを取り出した。それから長い髪をまとめてゴムで結び、洗面所に入って行った。

スーツケースには飛行機のタグがついたままだ。

「新婚旅行はタヒチにしようと思うの」

あんなに嬉《うれ》しそうに報告してきた時もあったのに。あれから三ヵ月もたっていないというのに。

浴室からシャワーの音が聞こえてくる。江里子も冷蔵庫からビールを出して飲んだ。しかし、それはやけに苦くてむせそうになった。

可奈が緒方《おがた》と見合いをしたのは半年前、ちょうど桜が散り始めた頃だ。

最初は「お見合いなんかロクな男はいない」と言っていたのに、翌日、電話で結果を報告する可奈の声はすっかり弾《はず》んでいた。

「こんなことってあるのね。何だか初めて会ったって気がしないの。お茶飲んで、ドライブして、夕食食べて、またお茶飲んで、家に着いたのは十一時過ぎ。なんと、八時間も一緒にいたのよ。なのに退屈しないの。話すことがあり過ぎるぐらいあるの」

可奈はすっかり興奮していた。実際、それは恋の始まりという感じだった。もうすぐ三十になろうという同い年の可奈が、見合いでそんなにもぴたりとする相手を見付けられたことが、正直言って少々ねたましいくらいだった。

それから可奈と緒方の結婚話はとんとん拍子に進んだ。ふたりはすでに一泊の旅行もしていて、もちろんそれは仲人《なこうど》や親には内緒だが、そっちの面でもクリアしていた。

ダイヤのエンゲージリング、華やかな寿退社、一流ホテルでの式と披露宴《ひろうえん》、有名レストランでの二次会、憧《あこが》れのサロンのウエディングドレス、代々木の新居、新婚旅行のタヒチ。

「彼は運命の人」と、可奈は臆面《おくめん》もなく言った。何もかもが絵に描《か》いたような幸福だった。

そんな可奈から、初めて愚痴《ぐち》らしき言葉を聞いたのはいつだったろう。確か結納を済ませてしばらくした頃だ。

引出物を決めるのに彼とモメた、ということだった。可奈はワイングラスにしたかったのだが、彼と彼の両親の意向はホーロー鍋《なべ》だった。彼の方の親戚は高齢者が多いので、ワイングラスなど役に立たないと言ったという。

「冗談じゃないわ、ホーロー鍋だなんて、私のセンスが疑われる」

その上、彼が自分の両親側について、可奈に折れるよう言ったことが許せなかったらしい。それから時折、可奈から沈んだ声の電話が入るようになった。

優しさって優柔不断ってことかしら。彼、マザコンの気《け》があるみたい。結構ケチくさいところもあるの。何だかお箸《はし》の持ち方が変。トイレの便座のふたをいつも上げたままにするのよ、イヤでしょう。思ったほど出世の見込みもなさそう。

そうしてやがて「彼と本当にこのまま結婚していいのかしら」などと言い出すようになった。江里子はあまり取り合わないようにした。マリッジブルーは誰にでも訪れるものだと聞いていた。

ところが、式の二週間前、可奈がアパートに転がり込んで来て、

「あの男とは結婚しない」

と、宣言した。

いったい何があったのかと尋ねると、可奈は決定的なことを言った。

「コレとは言えないわ。ただ、もうセックスしたくないのよ。あの男に触られるだけでゾッとするの。生理的にイヤなの。うんざりなの。こんな状態で結婚できるわけがないでしょう」

可奈の決心は固かった。

それから大変な騒ぎになった。まず緒方が飛んで来たが「顔もみたくない」と可奈はあっさり追い返した。可奈の両親が説得に訪れたが、頑として応じようとはしなかった。さ

すがに江里子も呆《あき》れて「我儘《わがまま》すぎる」と言った。

「もうちょっとちゃんと話し合いなさいよ」

「十分過ぎるぐらいしたわ。聞く耳持たなかったのはみんなの方よ」

「でも、あんなに好きだったじゃないの」

「そう思った時もあったわ。でも、いちばん好きだった男を嫌いになる時って、二番とか三番になるわけじゃないの。この世の人間すべての中でいちばん嫌いな男になってしまうの。そういうことってあるでしょう」

ある、確かにある。子供っぽいとは思いながら、ある意味で女としての素直な感覚だ。

江里子はそれ以上言えなくなった。

それでも式と披露宴、新婚旅行と予定通りに行われたのは、とにかく体面を保ってくれたなら後は好きにしていい、と両親が折れたからだ。体面のことは本当だろうが、可奈の言った通り、結婚さえすれば何とか収まる、という計算もあったに違いない。けれどもその計算もアテがはずれてしまった。

可奈は江里子の部屋に居候《いそうろう》を決め込んだ。

緒方は相変わらず未練たっぷりで、時折電話をかけてきてヨリを戻すことを頼むのだが、可奈はけんもほろろだった。実家の両親もついに怒りを爆発させ、勘当ということになってしまった。

こうなれば独立だ。可奈は仕事を探し始めた。けれどもこんなご時世で、そうそう働き口なんてあるはずもない。華やかな寿退社が裏目となってしまった。引き出せる貯金の残金も心細いらしい。どうやら、以前不倫相手だった上司に相談をしにいったのだが、門前払いをくらってしまったこともショックだったようだ。

八方塞《ふさ》がりの状況に、可奈は日に日に悄気《しょげ》ていった。自業自得とはいえそんな可奈がひどく可哀想《かわいそう》に思えた。

「可奈、元気だして。心配することないわ、好きなだけここにいていいんだから。可奈を食べさせることぐらい私が何とかするから」

「江里子、ありがとう」

可奈は弱気になってさめざめと泣いた。

けれども、いくら親友だからと言って、狭い部屋で四六時中顔を突き合わせているのは息苦しい。働いていない可奈はやはり江里子に遠慮する思いもあるだろう。持ち物はスーツケース一個のままだ。着替えの服も欲しいだろうし、化粧品も自分のものを使いたいに違いない。

ひと月ほどして、可奈がぽつりと言った。

「ちょっと、あっちに行って来る」

「あっちって？」

「代々木のマンション」

「えっ、帰るの?」

「まさか。結婚前にあっちに運んだ私の荷物から必要なものを取ってくるだけ。昼間なら、あの男もいないでしょう」

その日、言った通り暗くならないうちに帰ってきた。新しい服を持ってきて、機嫌もよさそうだった。それに味をしめて、可奈はちょくちょく緒方のいないマンションに出入りするようになった。

ある時、夜の七時過ぎに可奈が帰ってきた。どうしたの? と聞くと、あっちの家のソファに横になったらすっかり寝入ってしまったのだと言う。もちろん、緒方と鉢合わせするようなことはなかったが、

「あのソファ、イタリア製なの。家具屋で一目で気に入って買ったのよ。高かったんだけど、無理しちゃったの。とにかくすごく寝心地がいいの」

と、可奈は呟《つぶや》くように言った。

それからさらにひと月後。その夜は可奈の誕生日だった。江里子は少し奮発して赤ワインを買って帰った。可奈を祝ってあげられるのは、今は自分しかいない。そんな思いが、江里子を少し切なくした。

けれども家に着いても可奈はいない。八時になっても九時になっても戻らない。何か事故でも、と不安になり始めた頃、電話が鳴った。

「可奈?」

「いえ、僕、緒方です」

「ああ、どうも。何か」

「可奈、今夜はこっちに泊まると言ってます」

「え……」

と言ったまま、江里子はすぐには意味がわからなかった。

「すみません。そういうことなんです」

電話は切れた。しばらく受話器を手にしたまま、ぼんやりした。しかし、じきに猛烈に腹が立ち始めた。

いったいどういうことよ。

あの決心は何だったのだろう。緒方とセックスするのは死ぬほどイヤだと言ったではないか。生理的に耐えられないと言ったではないか。やっぱり単なる我儘だったのか。まともに信用した私がバカだったのか。結局、男と女のトラブルになんて、巻き込まれるだけ損を見るということなのか。

しかし、こう思う自分もいるのだった。

それならそれでよかったではないか。現実に放《ほう》り出されて、可奈も考えを変えたのだろう。自分の甘さを痛感して、彼の良さを再認識したに違いない。これでうまくいくなら、メデタシメデタシだ。

でも、やっぱり何だかなあ。

嬉しいのか腹立たしいのか、自分でもよくわからないまま、江里子は買ってきたワインのコルク栓を力任せに引き抜いた。

壊れゆく女

誠子《せいこ》と壮介《そうすけ》は、大学からの付き合いで、かれこれもう八年になる。

その間には結婚話もあったのだが、なぜそうしなかったのかと聞かれれば、タイミングが合わなかったとしかいいようがない。

最初に、誠子が結婚したいと思った時は、壮介の仕事が忙しくてそれどころではなかった。壮介が落ち着き、結婚しようと言った時は、誠子が習いごとや女友達との遊びが楽しくてならなかった。双方の両親からせっつかれた時は、互いに何となくその気になれなかった。

けれども決して別れるつもりはなく、誠子にとっても壮介にとっても、結婚するならお互いしかないと思っていた。

そんな時、壮介に転勤の命が下った。期間は一年。それをきっかけに、再び、結婚話が持ち上がった。

「できれば一緒に来て欲しいんだ」

初めての赴任で、壮介も色々と考えるところがあったのだろう。もちろんそれは誠子も同じだった。しかし、知らない土地で過ごすには不安があった。向こうに友達どころか、知り合いは誰ひとりいない。

考えた挙げ句、誠子はこう返事をした。

「ねえ、結婚はやっぱり壮介が帰ってからにしましょうよ」

「どうして」

「我儘《わがまま》かもしれないけど、これを最後と思って、ひとりの時間を満喫しておきたいの」

壮介が赴任となる一年の間で、独身でなければやれないことはみんなやってしまおう。旅行もしたいし、夜遊びもしたい。思い切り羽を伸ばして、それから結婚する。どうせ永い春を過ごしてきたのだ。あと一年くらいどうということはない。

そうして、その一年が過ぎた。

壮介は予定どおり帰って来たが、状況はまったく変わっていた。壮介は、赴任先の支社で知り合い、面倒を見てくれた女と結婚すると言うのだった。

「どういうこと、そんなの裏切りだわ！」

「でも一年前、君は僕のプロポーズを断った」

「断ったんじゃない、待ってと言ったのよ」

「僕にはそう聞こえなかった。僕より、優先するものがあると言われたと思った。あの時から、僕なりに考えていたんだ」

「私に悪いところがあるなら、みんな直すわ。だから考え直して」

「君に悪いところなんかない。悪いというなら、この僕だ」

青天の霹靂《へきれき》とはまさにこのことだった。

この一年の間、電話やメールで連絡をとっていたし、誠子から会いに行ったのは二回だけだが、社用がてら、ふた月に一度は壮介も会いに来てくれた。ここ三ヵ月ばかりは確かに壮介からの連絡も途絶えがちで、忙しいことを理由に誠子の方もそれを怠っていたが、決して放《ほう》っておいたわけじゃない。ただ、どうせ結婚すればふたりの時間などあり余るほど持てるのだから、今はこれで構わないと思っていた。それもこれも、ふたりの関係は揺るがないもの、と信じていたからだ。

そのことを誠子は必死に訴えたが、どれだけ伝えても、壮介は変わらなかった。

「もう遅いんだ。結局、縁がなかったんだ、僕たち」

誠子は取り乱した。

違う、違う、そうじゃない。そんなことはあってならない。色々あったけれど、八年も付き合ってきたのだ。結婚するなら彼だと決めていた。今さら、ぽっと出の女になんか渡せるわけがない。

ひとりの時間も、旅行も、飲み会も、もうどうでもよかった。もともとそんなものと引き替えにするつもりなんて毛頭なかった。

誠子は驚き、嘆き、ただもう頭の中は壮介を取り戻すことだけでいっぱいになった。

それから毎日のように電話を入れた。会って話したい。そう言っても、壮介は「話すことは何もない」と冷たく言い放つ。やがて、いつかけても留守電《るすでん》状態になり、メッセージを入れておいても、折り返しの電話もかかって来なくなった。

毎日、電話の前でコールを待つ。夜中の二時でも三時でも待つ。かかってこない。再び電話する。壮介は出ない。誠子は叫ぶ。

「私よ、いるんでしょ、出てよ。どうして電話をくれないの、ずっとずっと待ってるのよ」

たまりかねて会社にかけると、壮介はひどく不機嫌な声で「夜、電話する」と言う。そうして、待っていても、やっぱりかかってこないのだった。

そのうち、会社でも居留守を使われるようになった。試しに偽名を使うと、愛想のいい声で壮介が出てきた。相手が誠子だとわかると、急に声をとぎらせて、電話は切られた。

しかし、それでも誠子はどうしても諦《あきら》められなかった。

このまま壮介を結婚させたらおしまいだ。彼は、私を誤解している。私がこんなに壮介を愛しているということを、彼はわかっていない。それは一年前、私がプロポーズを断ったからに他ならない。あの時、壮介をひどく傷つけてしまった。それがきっとトラウマになっているのだ。でも話せばわかる。私の気持ちは必ず伝わる。私ほど壮介を愛している女はいないし、壮介だって本当は私を愛している。八年という月日はそんな簡単に翻《ひるがえ》されるものじゃない。どうして壮介はそれを認めようとしないのだろう。

会社の前で、誠子は壮介の帰りを待った。声をかけた時、壮介は表情を強《こわ》ばらせた。

「こんなことはやめてくれないか。何をどう言われても、僕の気持ちはもう変わらない。

単なる心変わりとか、別の女に乗り換えたとか、そういうのじゃないんだ。僕なりに必死に考えた。考えた末での結論なんだ」

そう言って、背中を向けた。

それでも誠子はやめられなかった。どうしても壮介の言葉が信じられなかった。それから会社の前だけでなく、駅のホームで、アパートの前で、壮介の帰りを待つようになった。

壮介はやがて、誠子の姿を認めても無視するようになった。

ある夜、アパート前で待っていると、ひどく酔っ払った壮介が帰ってきた。誠子の姿を認めると、いったん横を素通りしたが、すぐに戻って来た。

「誠子、おまえは自分が何をやってるのかわかってるのか」

「だって、こうでもしなければ、壮介は会ってくれないでしょう」

「会ってどうなる。もう、終わったことだ」

「終わってなんかないわ。終わったことだと、壮介も無理に自分に言い聞かせているだけだわ」

「やめてくれ、勝手な思い込みをしないでくれ」

そうして驚いたことに「頼む、僕のことは諦めてくれ」と泣くのだった。

壮介の痛々しい姿を眺《なが》めながら、やっぱりそうだと、誠子は確信していた。

壮介は仕方なしにあの女と結婚する。赴任先で世話になった義理を果たさなければならないと思っている。だから、心を鬼にして八年も付き合った誠子に別れを告げている。そういう律儀なところが昔から壮介にはあった。

そんな壮介が可哀想《かわいそう》でならなかった。そうして、誠子と壮介のふたりをここまで追い詰めた、赴任先の女が憎くてたまらなかった。

女の名前や住所はすぐに調べがついた。壮介の郵便受けを一週間漁《あさ》って、彼女からの手紙を抜き取った。淡いブルーの便箋《びんせん》に、黒の極細の水性ボールペンで、淋《さび》しいとか、会いたいとか、結婚が待ち遠しいとか、愛してるとか、いかにも性悪女が使いそうなしらじらしいセリフが書かれてあった。誠子は住所と名前から電話番号を探し当てた。

電話をすると「もしもし」と、少し甲高《かんだか》い声があった。もしもし、もしもし、と何回か彼女が言った。誠子は黙ったまま受話器を置いた。

その日から、昼間は会社から、退社する途中は目につく公衆電話から、そして夜は部屋から暇さえあれば電話をかけるようになった。あっちが留守電になっていようとおかまいなしにかけ続けた。

その頃、上司から「何かあったのか?」と聞かれた。

「何かって、何ですか?」と聞き返すと、上司は困ったように笑ってみせた。

「最近、雰囲気が変わったみたいだね」

「そうですか?」

「仕事にも身が入ってないようだし」

「そんなことはありません」

「何か悩み事でも?」

「別に何にもありません」

上司にどう思われようと、構っているヒマはなかった。とにかく一刻でも早くあの女から壮介を救い出さなければならなかった。

電話の回数は日を追って増えていった。三十回、五十回。

ある時、いつものように番号を押すと唐突に機械音が流れてきて、この番号は現在使われていない、と告げた。

誠子は電話を諦めて、郵便を使うことにした。新聞やチラシから文字を切り取るのは結構楽しい仕事だった。『死ね』とか『殺す』とか、少し古い言い方だが『売女《ばいた》』とか『アバズレ』とかも使った。ほぼ、二日に一回はポストに入れた。

ある時、キッチンで割ってしまったグラスのかけらが目に入った。誠子はそれを一緒に封筒の中に入れた。自然と笑みがこぼれた。もっともっと追い詰めてやる。それがあの女の受けるべき罰だ。壮介を取り戻すまでやめるつもりはない。

そうしてふた月ばかりが過ぎた。

誠子はいつものように、出勤前に封筒を持ってポストに向かった。昨日、ゴミ捨て場で見付けた死んだゴキブリ入りだった。女がそれを見てどんなふうに驚くか、想像するだけで笑みがこぼれた。

それをポストに入れようとした時、背後から肩を叩《たた》かれた。

「すみません、少々お話を聞かせてもらえませんか」

振り向くと、二人連れの男が哀《かな》しい目で誠子を見つめていた。

「どなたですか」

尋ねると、抑揚のない声で「警察の者です」という答えがあった。

指先からすっと封筒が滑り落ちた。

それを若い方の刑事が拾うのを、誠子はぼんやり見つめながら、壮介の結婚をどうしたらやめさせられるか、また次の手を考えなければならないと思っていた。

美人の顚末

澄香《すみか》は小さい時から美しかった。

周《まわ》りの誰もに「可愛《かわい》いね」「きれいね」と言われ続けて育った。

両親や祖父母にはもちろん、近所の人にも、商店街に行っても、ただ道を歩いているだけでも言われた。

あまり日常的に言われるので、たぶん世の中の大人は小さい子供を見ると必ず口にするセリフなのだろう、と思っていた。

自分は特別だ、と知ったのは、幼稚園という集団生活が始まった頃からだ。

「まあ、可愛い」

そのセリフは、大勢いる子供の中で、はっきりと自分にだけ向けられた。そして、澄香は初めて自分の美しさというものを自覚した。

美しいということは(その頃はまだ可愛いという言葉が多く使われたが)ただそれだけで、大人たちから優しくされる。お遊戯ではいつもいい役をもらい、写真を写す時は真ん中に立たされた。みんなより、名前を呼ばれる回数もずっと多かった。

その威力は何も大人たちだけに効果があるわけではなかった。集団の中で、自分と仲良くしたがっている子がたくさんいるのだった。時々、澄香の取り合いになってケンカが始まった。最初は困惑した澄香も、度重《たび》なれば、こういう時に自分がどう振る舞えばいいのかという知恵がつくようになっていた。

「みんなで遊ぼうね」

すると大抵、ケンカしていた子は「うん」と神妙に頷《うなず》くのだった。

ただ男の子の中に、時々、乱暴なことをする子がいて辟易《へきえき》した。そんな時、どうしてこんなに可愛い自分が苛《いじ》められなければならないのかわからなかったが、ぶたれて泣いたりすると、ぶった男の子の方がひどくうろたえて、最後は本人が泣いたりした。

「許してあげて。ケンくんは澄香ちゃんが好きなのよ」

と、幼稚園の先生に言われて、その時は信じられなかったが、大きくなるに従って、馬鹿馬鹿しいくらい単純な男の心理だということもわかるようになっていた。

小学校に入る頃になると、少女たちはすでに女の武器は何であるか知るようになる。そして、美貌《びぼう》がどんなに威力を持っているものかも理解するようになる。

その頃から、女の子たちの態度が変わり始めた。仲のよかった友達が、いつの間にか離れていった。美しい、ということは、それだけで女の敵にされてしまうことがどれほど多いか。澄香は自分の可愛さが、確実に同性の友人に不愉快な思いを抱《いだ》かせるのだ、ということを知るようになっていた。

もちろん、男の子たちは味方になってくれた。しかし、同性の友人がいないのはやはり寂しい。給食の時にひとりになりたくなかった。学校の帰りは誰かと一緒に帰りたかった。

そのためにも女の子を敵に回してはいけない。澄香は自分の美しさを知っているからこそ、それをどう誤魔化すかに心を砕いた。

澄香は女の子らしいことをいっさいしなかった。リボンやフリルや長い巻き毛というものに、興味がないわけではなかったが、いっさい排除した。そんなものを身につけたり、装ったりすれば、自分の美しさが引き立つだけだ。それは女の子たちを刺激する。

澄香は努力した。ボーイッシュであること。三枚目であること。男なんか何さ、という態度でいること。そうしていれば、女の子たちから疎外されずに済んだ。

それでも、プールの時など男の子たちの視線が自分に注がれているのに気付き、いつもハラハラした。時々、ラブレターも受け取ったが、誰にも言わず破り捨てた。自分がこれほど苦労して、普通の女の子でいようとしているのに、それをかき乱すようなことをする無神経な男の子に腹が立った。

時々、友達に好きな男の子ができたりすると、澄香は心から祈った。

「どうか、彼が私を好きではありませんように」

そういった余計な気遣いからようやく解放されたのは、大学生になった頃だろうか。

どの女たちも美しさに執念を燃やし、お洒落《しゃれ》にダイエットにエステティックに美容整形に、と貪欲《どんよく》に手を出し始めた。

ブスははっきり無視された。男にはもちろん、女にもだ。澄香も、嫉妬《しっと》を受ける覚悟さえ持てば、自分の美しさを前面に打ち出す方がずっと人生を楽しめる、ということに気付くようになっていた。

そうなってから、澄香は磨かれ、いっそう美しさを増していった。

どこに行っても、男たちの関心と視線が自分に集中した。小さい時からそれに慣れている澄香は、臆《おく》することなくにこやかに受けとめる。美人は醜男《ぶおとこ》にも優しくできる余裕がある。その大らかさに男たちは心を打たれて、聖女のように澄香を崇《あが》めた。

美人には恋が似合わない。そう言ったのは誰だったろう。恋が似合わないのではなくて、恋をするのが似合わないのだろう。美人は常に、恋をされていなければならないのである。

しかし、美人だって恋はしたい。ときめきたいと思っている。

けれども、ちょっといいな、と思った男は、大抵、先に澄香に夢中になる。そんな男の様子をまのあたりにすると、澄香はどうにもシラけてしまう。

百パーセント自分に惚《ほ》れているとわかっている男に、どうして切ない恋心を抱くことができるだろう。結局、この男も自分に憧《あこが》れる数多くの男たちのひとりにしか過ぎないのか、と落胆するような気分になってしまうのだ。

そういった美しい女の陥りがちな失敗は、美しさを少しも評価しない男につい心が揺れてしまうことかもしれない。

澄香も例外ではなかった。初めて付き合った男は、澄香を「ただの女」として扱った。いつも他の女を例に出して「彼女の方が胸が大きい」とか「足が細い」とか言うのだった。

悔しくて情けなくて、それでいて澄香はどんどん男にのめり込んだ。

もちろん、女をたらし込むコツを心得ているロクでもない男である。結局、散々遊ばれて、別の女に乗り換えられた。もちろんショックだったが、自尊心まで壊されることはなかった。早い話、そんなことに頭を悩ますより、もう次の男が言い寄って来た。

それでも少しは学習し、今度はまじめで誠実な男を選び、付き合い始めたが、たいがいそんな男は話しても何の刺激もなくつまらないばかりで、すぐにあきあきした。

それでも学生時代に知った男たちなど、可愛いものだった。

就職し、社会にでると、澄香の周りには今までとはまったく違う世代、職種、経歴を持つ男たちが現れるようになった。

もちろん美しい澄香は、そこでも男たちの注目を浴び、食事に誘われたり、交際を申し込まれたりした。

けれども、澄香は慎重になっていた。今度、誰かと付き合うとなれば、もしかしたら結婚ということも考えられる。気楽にデートに応じて、それが周りで噂《うわさ》になれば、それだけで選択肢が狭められることになる。

食事の時などはなるべくひとりでは出掛けずに同僚を誘い、交際に関しては、よほど嫌な相手でない限り、相手に可能性を残すような雰囲気で、やんわりと断るようにした。

そうやって、これぞという男をじっくりと腰を据えて待った。

そろそろ友人たちが結婚をしはじめた。披露宴《ひろうえん》に出席すると、ウエディングドレスの新婦が幸せそうにほほ笑んでいる。

祝福を送る気持ちに嘘《うそ》はない。

おめでとう、と心から思うけれども、同時に、

「私は違う」

と、思う自分がいるのだった。

私だったらあんな男は選ばない。結婚するなら、もっとレベルの高い男だ。私は彼女とは違う。彼女より百倍も美しい。だから百倍素晴らしい男と結婚して当然だ。

自分の隣に立ってふさわしい男。

頭がよく、仕事ができて、教養があり、経済力も持っている。その上、身だしなみも整い、見栄えもよく、包容力があり、セックスも最高である。

となれば、澄香の周りにいる若い男たちではやはり物足りなく感じてしまうのだった。

その条件を満たすのは、たいがい年上で、その上結婚している男と決まっていた。

上司と、不倫を三年続けた。

女としてはたっぷりと熟成されたが、やがて上司は妻の元に帰って行った。

澄香も十分に傷ついたが、渋い中年の裏側にあるくたびれたおじさん、の部分も見えるようになっていて、やはり自分にふさわしいパートナーは別にいるという気分になっていた。

三十代になっても、澄香の美しさは変わることはなかった。

しかし、会社には次から次と若い女性社員が入ってくる。彼女らは、美しさという点ではまったく相手にするレベルではなかったが、その華やかさや、新鮮さ、明るくて元気な様子に澄香は圧倒された。

そして男たちの目線が、その若いというだけであとは何の取り柄もない女たちに引き付けられてゆくのである。

「こんなはずじゃ」

澄香は焦《あせ》った。

美しい自分が注目を失ってゆく。少しずつ増えてゆく目尻のシワ、いつの間にかできた頬《ほお》のシミ。変わってゆく体型。消えてゆく若さ。時間は確実に過ぎてゆく。

早く誰かを見付けなければ。早く誰かに見付けてもらわなければ。早く、早く。

それでも「あんな美人の澄香さんが、結局あんなお相手と」とだけは言われたくなかった。それ相応の、周りの誰もが納得する相手でなくては嫌だ。

私にふさわしいパートナーはどこにいるんだろう。ああ早く、早く、時間がどんどん過ぎてゆく。

澄香は今も美しい。

同年齢の女性に較《くら》べれば、群を抜いて美しい。主婦となった友人と会うと、その明らかな違いがわかる。それなのに、澄香に声をかけてくる男は、年々、澄香の考えるレベルから落ちてゆく。

ある日、一回り以上も年下の男性からこう言われた。

「澄香さんって、昔はさぞかしきれいだったんでしょうね」

にっこりほほ笑みながら、澄香は心の奥で、殺してやろうかと思った。

恋の決め手

恋の決め手なんてささいなことだと、和佳子《わかこ》は思う。

好きだから。

ただそれだけで、すべてが決まるわけじゃない。

もう好きじゃないから。

それだけですべてが終わるわけでもない。

東京の大学に合格して、和佳子は田舎《いなか》から上京した。初めてのひとり暮らしは不安と期待に満ち、毎日が浮き足立っていた。やりたいことはたくさんあったが、それと同じくらい、臆病《おくびょう》でもあった。

初めてのコンパで知り合ったのが彰《あきら》である。コンパの翌日に電話があり、会う約束をした。

彼もまた地方出身者で、東京の生活に馴染《なじ》めず、お金もなく、小さなボロアパートに住んでいた。早い話、和佳子と似た者同士だった。ふたりはたどたどしさの中で、付き合い始めた。

待ち合わせの場所に出向くと、彰はたいていこう言った。

「どこに行く?」

そして、和佳子はたいていこう答える。

「どこでも」

「どこか行きたいところはある？」

「私は別に、あなたは？」

「僕も別に」

「どこがいいかしら」

「そうだな、どこにしよう」

「あ、雨が降ってきた」

「ほんとだ。朝から何となく空が怪しかったからな。傘《かさ》、持って来た？」

「ううん、あなたは？」

「僕も。困ったな」

「ほんと」

「じゃあ、もう少しここにいるっていうのはどうかな？」

「そうね」

まだデートをどう楽しんでいいのかも、よくわからなかった。外に出れば、死ぬほど歩いた。会話が途切れる瞬間が怖かった。黙ってしまうと、それだけで何もかもがぶち壊しになってしまいそうな気がした。

会話に慣れると、毎日のように電話し合った。親や近所の目がないのをいいことに、夜遅くまで一緒に過ごした。手をつないだ。キスをした。もちろんセックスもだ。セックスをしたら、ふたりの間でしてはいけないことなど何もなくなった。彰をものすごく好きになっている自分に気づいてびっくりした。彰も自分にどれほど夢中かわかっていた。

明日も会えるのに、別れるのがつらくて、誰が見ているのも構わず駅のホームで泣いたりした。部屋に帰ればいくらでもできるのに、映画館の中でこっそりと手を伸ばしお互いの身体《からだ》を触り合ったりした。いつもふたりのどこかが触れ合っていないと寂しくてたまらなかった。

恋をすると誰もがそうなるように、自分たちは特別だと思っていた。この恋だけが最高だった。世の中のすべてのカップルに申し訳ないと思えてしまうほど幸せだった。

そうして、一年が過ぎた。

和佳子は少しずつ、毎日に、都会に、馴染んでいった。ファッションや髪型が変わり、化粧もうまくなり、語尾から訛《なま》りが消えていた。女友達と、雑誌などに登場するお洒落《しゃれ》な店に出掛けるようにもなった。本当は彰とも行きたいのだが、彰は相変わらずお金のない生活だし、格好もいつまでも垢抜《あかぬ》けない。何より、彰はもともとそういった場所が好きではなかった。

食事をするとしたら、彰のアパートの近くにある安い居酒屋に決まっていた。後は、アパートに戻って、だらだらとテレビやビデオを観《み》て、セックスをする。

「ねえ、どこかに行こうよ」

「どこに？」

「彰が決めて」

「別にないなぁ。和佳子が決めろよ」

「どこでもいい」

「着替えるの、面倒くさいよ。それに、天気予報で夕方から雨が降るって言ってたぞ」

「彰がぐずぐずしてるからよ」

「和佳子が来るのが遅いからだろ」

「出掛けに電話が入ったの」

「雨も降るんだし、別に無理に出掛けなくたっていいじゃないか」

「まあ、いいけどね」

出会った頃も、似たような会話をしたことを思い出した。当然だが、質はまったく違っていた。

そんな頃、知り合ったのが育生《いくお》だ。

三歳年上の大学のOBで、和佳子には彼がひどく大人に見えた。都会的で爽《さわ》やかで、お洒落で冗談がうまく、後輩たちからの人気も信頼も厚かった。

育生の来る飲み会には必ず参加した。思いがけず目が合うと胸が高鳴った。話し掛けられると声が上擦《うわず》った。

「恋人はいるの?」と、冗談めかして聞かれた時は、もちろん「いません」と即座に答えた。

それからしばらくして、育生からデートに誘われた。

その時まで、育生にとって自分は、単なる後輩のひとりだと思っていた。

「どうして、私なんか」

「ずっと、気になってたんだ」

私だって女として十分魅力があるんだ。

その言葉に和佳子はすっかり舞い上がった。

ふたりで洒落たイタリアンレストランで食事をし、シックなバーでカクテルを飲んだ。

彰とは到底味わえない、絵に描《か》いたようなデートだった。

「先輩、モテるでしょう」

牽制《けんせい》も含めて、和佳子は尋ねた。

「関係ないよ。たとえ、どんなに女の子に好かれても、僕にとって大事なのは、僕がどんな女の子を好きになるかということだから」

育生はまっすぐに和佳子を見つめ、そしてキスをした。

話していると楽しかった。一緒にいるとドキドキした。もっと育生を知りたい、育生にふさわしい女性になりたいと思った。それは、彰に対してどう頑張ってもも蘇《よみがえ》って来ることのない感情だった。

それから何度か育生とデートをした。育生はいろんな場所に和佳子を連れて行ってくれた。映画やお芝居の時もあったし、美術館や展覧会、時には動物園ということもあった。

意外なことに育生はまじめな人で、彼を知れば知るほど、和佳子を思う気持ちが真摯《しんし》なものであるということもわかってきた。

嬉《うれ》しかった。嬉しくて有頂天になった。

彰からは、ちょくちょく電話があったが、居留守を使ったり、ゼミが忙しいと嘘《うそ》をついて会うのを避けた。

ひと月ほどたった頃、育生から旅行に誘われた。それがどんな意味を持つかぐらい、和佳子にもわかっていた。

このままではいけない、さすがにそう思った。彰とちゃんと別れなければ。でなければ、育生と一緒に旅行なんて行けるわけがない。

彰と別れる気になったのは育生が現れたからだ。それは確かだ。

けれどもよく考えてみると、単なるきっかけではなかったかとも思える。彰は悪い人じゃない。そのことはよくわかっている。けれど、こんな付き合いをこれからも続けてどうなるというのだろう。刺激もない。発見もない。これじゃまるで倦怠期《けんたいき》を迎えた夫婦みたいではないか。

今もし「彰をどう思ってる?」と問われたら、「好き」と即座に答えられる自信はない。

たぶん「嫌いじゃないけど」と言ってしまうだろう。

たくさん考えた。悩みもした。両天秤《りょうてんびん》にかけるような真似《まね》をしていることに、ふと、うっとりしている自分に気づいて、軽蔑《けいべつ》もした。

そうして、最後に辿《たど》り着いた結論だった。

彰と別れよう。

「話があるの」

と、彰に電話した。アパートに行くのは抵抗があったので、いつもの居酒屋で待ち合わせた。店でしばらく待っていると、彰が姿を現した。相変わらず、よれよれのパーカーとジーパンだ。

彰の顔を見て、思わず言った。

「どうしたの？」

「何が？」

「顔が赤い」

「ああ、ちょっと風邪ひいてるんだ」

「熱、あるの？」

「うん」

「どれくらい？」

「九度くらいかな」

「そんなに、いつから?」

「五日ほど前から下がらなくて」

「電話してくれたらよかったのに」

「したけど」

「え……」

「和佳子、ゼミで忙しそうだったし」

熱のせいなのだろう。彰の目には力がなかった。その目を見た時、胸がぎりぎり音を立てるみたいに痛んだ。留守電《るすでん》に何度もメッセージが入っていたのに、ロクに聞きもしないで消去していた。

「ごめん」

「いいさ」

「帰りましょう」

和佳子は腰を上げた。

「話があるんだろう?」

「もう、いいの。アパートに帰りましょう。おかゆ、作ってあげる」

「うん」

嫌いじゃない、は、好きじゃない、だけではない。

嫌いになれない、ということでもある。

育生には丁寧《ていねい》に断った。

こんな条件の揃《そろ》った男と付き合えることなど二度とないかもしれない、と、肩を落とす育生を眺《なが》めながら思っていた。

それでも、彰を裏切れないと思ったあの一瞬は、真実だったと和佳子は思う。

恋なんて、何が決め手になるかわからない。

あの時から、何年たっても、和佳子はそう思う。

嘘つき

父は厳しい人だった。

いつも無口で、居間のソファの真ん中に座り、睨《にら》みつけるように新聞を隅から隅まで読んでいて、そんな時、私がはしゃいだ声を上げたり、部屋の中を飛び回ったりすると「うるさい」と一喝《いっかつ》した。

父は躾《しつけ》にはことのほか口うるさかった。

「女を売り物にするような女にだけはなるな」

というのが、口癖だった。

時たま、テレビで短いスカートをはき、胸を大きく露出させているタレントなどを見ると、眉《まゆ》をひそめて「あいつらは売春婦か」と、吐き捨てるように言った。

その頃の私はまだ小さくて、売春婦がどういうものか全然理解できなかったが、父が嫌悪していることを知ると、ああいう女はいけないことをしているのだと、考えるようになっていた。

父は私が少しでも女らしい格好をすると、たとえば髪飾りをつけたり、ピンクのセーターを着たりすると、そのテレビタレントに向けたのと同じ目で言った。

「やめないか、みっともない」

私は父が怖かった。父を絶対的だと思っていた。叱《しか》られたくなくて、私は髪を短くし、祖母が着そうな地味な服を着た。

そんな私は周《まわ》りからは変わり者と言われていた。お洒落《しゃれ》にも男の子にも興味がなく、勉強だけは熱心な、無口で退屈な女の子。

そんな私でも、好きになってくれる男の子がいて、私は有頂天になった。彼とは時々、一緒に映画を観《み》にいったり、公園を散歩したりした。それだけで、十分に楽しかった。

ある日、運の悪いことに、掛かってきた電話を父が受け取った。

父は私がすぐそばにいるにもかかわらず、

「娘はいない。娘に何の用だ。電話など掛けてくるな。近付くな」

と、怒鳴った。それ以来、彼からの連絡はぴたりと止まった。

私が高校に入ってすぐに、父が死んだ。

父は出先で突然倒れ、そのまま他界したのだった。出先というのは、父の愛人宅だった。

父にそんな女がいたことは驚きだったが、連絡に慌《あわ》てて母と駆け付け、その女と初めて顔を合わせた時、声も出なかった。

化粧が濃く、髪を茶色く染めて、身体《からだ》の線がくっきりと浮かぶ服を着た、誰の目から見ても、自分が女であるということだけで生きているような女だった。

私はベッドの中で、固く目を閉じている父を見下ろした。

嘘《うそ》つき。

恋人らしい恋人ができたのは、大学に入ってからだ。私は十八歳になっていた。

私はようやく父の呪縛《じゅばく》から解き放たれて、自由を満喫していた。私は無口だった年月を取り返すように、よく喋《しゃべ》るようになっていた。

恋人はそんな私のお喋りを、いつも心から楽しそうに聞いてくれた。

「ねえ、あなたも何か話して」

と言うと、

「僕は口下手《くちべた》だからさ。君のお喋りを聞いているのがいちばん楽しいんだ」

と、答えた。

私は彼の期待に応《こた》えたくて、明るくて、元気な女の子であるよう心がけた。

友人のひとりが私たちを見て「あなたたちって、漫才でいうボケとツッコミの関係ね」と冷やかした。それに対して、恋人はこう答えた。

「つまり、いちばん相性がいいってことさ」

私は彼のために喋った。一緒にいる時は、ほとんど私が喋り続けた。少しの間、何も話さないでいたりすると、

「どうしたの、具合でも悪いの?」

と、恋人が心配する。私は彼を安心させるために、無邪気に喋り続けなければならなかった。

それが、ある日突然「疲れた」と、恋人が電話の向こうで呟《つぶや》いた。付き合って二年が過ぎていた。

私はいつものように今日あった出来事を、逐一彼に報告していた。電話は二時間近くになっていた。

「君と一緒にいるのはもう疲れた」

すぐには、何を言われているのかわからなかった。私は少し考え、こう答えた。

「どうしたの？　何かあったの？」

「君のお喋りにはもううんざりだって言ってるんだ」

私はびっくりした。

「だって、あなたが言ったんじゃない。私のお喋りを聞いているのがいちばん楽しいって。だから私、一生懸命……」

恋人は泣きそうな声で言った。

「もう、僕を解放してくれ」

私は黙った。長く黙った。付き合ってから、沈黙がこんなに長い間ふたりの間に存在したのは初めてだった。

恋人が受話器を置くのがわかった。電話が切れた時、私は呟いた。

嘘つき。

結婚前、夫は言った。

「僕は君ひとりに家事を押しつけるようなことはしない。みんな半分ずつだ。互いの立場や生き方を尊重して、人生を共に歩いてゆきたい」

私に異存などあるはずもなかった。

私はその頃、仕事に夢中で、もしそれを辞《や》めなければならないような結婚なら、する気はなかった。

夫は言葉通りの男だった。私に主婦の仕事を強制するようなことはまったくなく、むしろ積極的に、当然のごとく、家事や雑事を引き受けてくれた。

結婚三年目で妊娠した。正直言って、計画外のことだったので戸惑《とまど》った。ちょうど重要な仕事を任されたばかりで、妊娠によってそれからはずされるようなことにはなりたくなかった。私は堕胎を考えた。

しかし、夫は頑強に反対した。

「妊娠がハンデになるかもしれないと思う君の気持ちはわかる。しかし、子供を持つということを、仕事と同じレベルで考えていいのだろうか。僕たちの子供だ。授かった命じゃないか。もし、それで君が仕事からはずされることがあったら、産んでからそれを挽回《ばんかい》できるように、僕が今まで以上に協力する。だから産んでくれ、産んで欲しい」

夫の言葉に心を打たれ、私は産む決心をした。

悪阻《つわり》がひどかったり、流産の危険があって入院したりして、当然ながら、仕事からははずされた。しかし今はそれも仕方ないと諦《あきら》めた。復帰したら必ず取り返してみせる。それを心に誓うことだけが、支えだった。

無事、息子が生まれた。産休も終わり、息子を預ける保育園も見つかった。いよいよ仕事に戻る日がきた。

しかし、社内の雰囲気は元には戻らなかった。私は閑職に回され、不本意な雑用ばかりさせられた。

子供は可愛《かわい》いが、手もかかる。息子はよく熱を出し、そのたび保育園から会社に連絡が入った。夫の方にしてください、と頼んでも、「奥さんからしてください」と言われてしまった。

実際、連絡をしても夫は外回りの仕事が多く、携帯電話でもなかなかつかまらないのが現実だった。

私は大した仕事を与えられない代わりに、時間に余裕ができるようになっていた。たいてい五時に仕事は終わる。それから息子を迎えに行き、夕食の買い出しをし、料理を作った。不満はないこともなかったが、早く終わるのだから仕方ないと考えていた。

残業がなくなったせいで、私の給料はがっくりと減った。逆に、夫には課長という肩書きがつき、昇給した。その頃から、夫は接待で帰りが遅くなり、週末には家をあけることも多くなっていた。

その分、掃除も洗濯も、私がすることになった。気がつくと、いつの間にか家事のほとんどすべてが私の役割になっていた。

「話が違う」

と、私は夫に抗議した。

「私ひとりに家事を押しつけないって言ったはずだわ」

すると、夫は不思議そうな顔をして答えた。

「だって、君はヒマなんだし、僕は忙しい。それに僕の方が稼いでるんだから仕方ないじゃないか」

そうして、夫はぐずる息子と、散らかった部屋と、たまった洗濯物を置いて、今日もまた接待ゴルフに出掛けて行った。

私は夫の背に向かって無言のまま投げ付けた。

嘘つき。

息子はとことん愛情をかけて育て上げた。

息子は小さい時から甘えん坊で、私にいつもべったりとくっついていた。学校から帰って私がいないものなら、大変な騒ぎになった。いつしか息子の世話をすることが私の生きがいになっていった。

息子が十二の時だ。

「世界でいちばん好きなのはママだよ。将来は、ママと結婚するんだ」

と言って、私を泣かせた。

息子は順調に、大人になっていった。

息子が初めて彼女を連れて来た時、びっくりした。短いスカートをはき、髪を金色に染め、目の周りを黒く縁どっている、見るからに今時のきわどい女の子だった。

その彼女のハンドバッグを息子は持ち、彼女の顔を覗《のぞ》き込んで、

「コーヒーにする？　それとも紅茶がいいかな。暑い？　エアコンつけようか。あ、ジャケットがしわになるよ。掛けてあげる」

私は、かいがいしく彼女の身の回りの世話をする息子をただ呆然《ぼうぜん》と眺めていた。

「この子と結婚したいんだ」

そう言う息子の顔を、私はまじまじと眺《なが》めた。

嘘つき。

男なんて、みんなみんな、嘘つき。

結婚の条件

女が結婚を意識する時、条件を持ち出すのはそんなに非難されることだろうか。

と佳子《けいこ》は思う。

何人かの友人たちが、大恋愛の末に結婚したが、五年もたてば、口から出るのは夫への不満と愚痴《ぐち》ばかりだ。

学生時代からの付き合いで、七年ごしの恋愛の末に結婚した琴子《ことこ》は、たった二年で離婚した。その理由は、価値観が違う、である。いったい七年もの間、彼の何を見てきたのだろう。あれだけ一緒の時間を過ごしながら、その価値観とやらを見分けることができなかったのだろうか。

また、就職して社内一ハンサムでもてる男と結婚した早苗《さなえ》は、勝利に酔ったように芸能人顔負けの派手な結婚式を挙げたが、夫は浮気を繰り返し、相手の女が自殺未遂まで起こして、五年たった今、ついに子供を連れて家を出た。夫になる男が女にだらしないのは、最初からわかっていたはずではないか。それを承知で結婚したのではなかったのか。

そんな時の、彼女たちの言い分はほとんど一致している。

「あの時は恋に夢中で、彼の本性が見えなかったのよ」

どうやら恋と男とは別のところにあるらしい。その上、恋は女の目をすっかり曇らせてしまうものらしい。

君子《きみこ》もまた、いい例だ。

彼女は有名女子大を出て、一部上場の企業に勤め、それ相応に気楽で優雅な独身生活を楽しんでいたが、ある時、無名の画家と出会ってたちまち恋におちた。画家といっても、ほとんど無収入といった状態だったが、君子は、彼と彼の才能にすっかり惚《ほ》れ込み、結婚すると宣言した。

もちろん、両親を含め周《まわ》りの誰もが反対した。恋愛はいいが、結婚は考えた方がいい。恋愛は夢だが、結婚は生活だ。社会的にも経済的にも安定しない男とどうやって暮らしてゆくというのだ。

それがみんなの意見であり、正直に言えば、佳子も間違いなくそう思ったひとりだった。

しかし、その時、君子はそんな誰をも軽蔑《けいべつ》したかのように言った。

「みんな、本当の恋愛をしたことがないのよ。お金やモノじゃないのよ。確かに彼には何もないわ。でも、それが何だっていうの。私はただ彼と一緒にいたいの、ふたりで生きてゆきたいの、それだけなのよ。今まで色んな男と出会ったけど、愛って言葉を使える相手は彼だけ。そんな相手に巡り会えるなんて人生にそうあるもんじゃないわ。そうでしょう。それに彼にはすごい才能があるの。いつかきっと花開く時が来る。その時、みんな拍手を送ってくれても遅いんだから。それにね、もし、もしもだけれど、もしそんな日が来なかったとしても、私は後悔はしないわ。ここで彼と別れてしまう後悔より大きい後悔があるなんて思えない」

ほぼ勘当同然で結婚をした君子は、絵に専念する彼を支えた。いつか必ず彼は世に出る、君子はそれを心から信じていたし、その夢を叶《かな》えるために力を貸すことが、彼女にとってのいちばんの幸福だった。結婚式も挙げず、新居も古びたアパートだったが、確かにあの時の彼女は輝いていた。

そして六年たった今。

彼は、少しも芽が出ないまま描《か》くことを放棄し、小遣いをせびり、時には君子の財布からこっそり抜き取り、パチンコ屋や雀荘《ジャンそう》に入り浸り、若い女と浮気に走り、酔うと暴力をふるう、そんな男に成り下がっていた。

君子はまだ三十代半ばというのに、すっかり疲れ、やつれ、何かと言えばお金のことばかり口にする、疑い深くてぎすぎすした中年女のようになってしまった。

君子は力ない笑みを浮かべて言う。

「今のあの人は、私が愛したあの人じゃないわ。時々思うの。きっと私の知らないうちに、よく顔の似た別の男にすりかわってしまったんだって」

「別れたらいいのに」

けれども、佳子の言葉に君子はゆっくり首を振る。

「結婚する時、あれだけ周囲の反対を押し切ったのよ。大見得《おおみえ》だって切ったわ。今さら、別れるなんて言えるわけない。私にだって面子《メンツ》ってものがあるの」

「だからって、このまま一緒に暮らしていっても、お互いにダメになってゆくだけなんじゃないの」

「わかってるわ。だからいつか別れるわ、いつかね。今はその時期を待っているのよ」

佳子はため息をつく。

恋愛なんてこんなもんだ。すべてを失って構わない、この人しかいない、死ぬほど愛してる、そう思えるのはせいぜいが三年で、その情熱と引き替えるには、後の人生はあまりにも長すぎる。

だから、佳子は恋愛なんて曖昧《あいまい》な感情で結婚を決めたりはしない。もっと現実的に、もっと社会的に、人生を共にするに不足のない条件を備えた相手を、最初からきっちりと選ぶつもりでいる。

けれども、そう思う時、佳子は久美《くみ》のことを思い出すのだった。

二十五歳の時、久美は見合いで結婚した。十歳年上の、資産家の息子だ。はっきり言って玉《たま》の輿《こし》だった。有名宝石店のエンゲージリング、高級マンション、外車、別荘、クルーザー、聞けば聞くほど、みんな羨望《せんぼう》のため息をついた。

けれども、結婚披露宴《ひろうえん》の当日、初めて夫なる男の顔を見て、誰もが黙り込んだ。

「私だったら」

友人の一人が乾杯のシャンパンを口にしながら小声で言った言葉を今もよく覚えている。

「私だったら、どんなにお金があっても、あの男とは結婚しない。できない」

人間は顔じゃない。そんなことはわかっている。どんなに見てくれが悪かろうと、それがどうだというのだ。彼はいい人なのかもしれない。いや、きっとそうなのだろう。逆に条件が整い過ぎているだけに、そういった外見上の支障という下らないことに気が向いてしまうのかもしれない。

自分はもう大人だ。恋愛に目をくらまされたらロクなことはない。結婚に社会的な立場や経済力がどれほど必要かも知っている。

それでも、佳子自身も、あの男とは結婚できないだろうと思うのだった。毎日向かい合って食事をする。キスをする。セックスをする。男とよく似た子供を産む。せめて、もう少し、甘やかな期待を抱《いだ》ける相手であって欲しいと思う。ときめいたり、切なさを感じさせてくれるパートナーであってくれたらと思う。

そんなことを望むのは、やはり自分が幼稚なのだろうか。

そう言えば、志乃《しの》も結婚は最初からはっきりと割り切っていた。

今さら古い言い方だが、三高はもちろん、もっと具体的な条件を持ち出し（たとえば両親と別居、たとえば年に一度の海外旅行）、それに見事なほどに見合った男と結婚した。その上、ルックスもまあまあで、それこそ誰にも羨《うらや》まれる結婚だった。

けれども今、彼女は夫のマザコンぶりに辟易《へきえき》している。とにかく母親がいなくては何もできない夫で、お風呂で背中を流すのも母親でなくては不機嫌になってしまうという。姑《しゅうとめ》に家計や毎日の生活について口を出され、文句を言っても夫は姑を支持する。姑が死ぬのを待つか、別れるか、今、思案中だそうだ。

死ぬほどの恋愛をして、愛情を信じ、純な気持ちで結婚しても、結局、破綻《はたん》する。恋愛に背を向け、条件を吟味し、それに見合う男と結婚しても、やっぱり破綻する。とりあえず、破綻とまではいかないカップルも、不満のない妻などいなくて「もし、お金があったら」「もし、子供がいなかったら」そんなことばかりを口にする。

いったい何が賢い選択なのだろう。

佳子はアパートの天井をぼんやりと見つめる。

そうして自身のことを考える。今つき合っている五歳年下の、好きだが将来性のまったくない恋人と、条件は揃《そろ》っているが、どうにも気持ちが高揚しないこの間の見合い相手と、どちらと結婚すれば幸福になれるのだろう。

結婚した友人たちはよく言う。

「独身がいちばんよ、結婚してみてよくわかったわ。何て言ったって自由だもの。経済的に自立できるなら、結婚なんかすることないわ、恋愛だけでいいじゃない。子供もシングルマザーで産むの。男なんてね、頼りになると思ったら大間違い。却《かえ》ってやっかいな存在になるだけ。永遠の愛とか、家族の絆《きずな》とか、そんなものは幻想よ」

わからないでもない。このまま独身で暮らすのも悪くないと思う自分もいる。年老いたら、仲のいい友人たちと、気候がよくて温泉つきの老人ホームに入る。貧乏臭いのではなくて、明るくて、気持ちのいいホームだ。結婚して、やっかいな荷物を背負い込むよりずっと気軽で自由に生きられる。

それでも、と、佳子は思う。

たとえ、理想と思われるような結婚が周りのどこにも見つけられなくても、こうして三十代の半ばを過ぎて、経済的には自立していてもやりがいのある仕事を持つわけではなく、少しずつ女としての容姿にコンプレックスを感じ始め、自分以外の誰かのために何かをしてあげるということを知らないまま、ひとりの食事に慣れて、面白いことがあっても隣で一緒に笑ってくれる人もなく、我を忘れてケンカするという感情を味わうこともなく、気がつくと独り言が多くなってゆく今の生活の方が、果たして本当に幸福と言えるだろうか。

佳子は再び、ため息をつく。

幸せになりたい、望みはただそれだけなのに、考えれば考えるほどわからなくなって何度も何度も、ため息をつく。

天敵

どうしても朋美《ともみ》にだけは負けたくなかった。

朋美とは五年前、このイベント会社に入社して以来、ずっと一緒に仕事をしてきた。

表立ってケンカをしたことはないし、時には、一緒にランチに出掛けたりもしている。

もしかしたら、周《まわ》りの同僚たちには、仲がいいと映っているかもしれない。

それでも、どうしても朋美にだけは負けたくなかった。

別の誰かに負けるのなら、まだ仕方ないと思える。負けを素直に認めることもできる。

けれどそれが朋美だったら、悔しくて、歯痒《はがゆ》くて、夜も眠れなくなる。

なぜ朋美に対して、そんな気持ちになるのか、ちゃんと基子《もとこ》にはわかっている。

朋美が自分とは正反対の人間だからだ。

ずっと頑張ってきた。入りたい大学のためには、努力を惜しまず勉強して入学した。この会社に就職するのだって、どんなに苦労したことか。入社してから早く仕事を覚えるために、みんなが嫌がる残業だって、出張だって率先してやってきた。そうして、ようやく会社の中で一目置かれるようになっていた。

その点、朋美は少しトロいところがある。就職難の時期に、よくこの会社に決まったものだという気がする。これといった特徴も個性もなく、仕事もちょくちょくミスをする。

デキる女からは程遠い。

なのに、どういうわけか朋美の評判はすこぶるいい。上司にも同僚男性にも、女性社員たちにも、取り引き先にも、またお年寄りにも子供からも慕われる。

以前、こんなことがあった。

ある著名な講師の講演会を企画した時のことだ。その講師は、気難しいと評判だったので、少しでも快適に講演ができるよう、会場のセッティングはうまくいっているか、マイクの調子は大丈夫か、人はちゃんと集まっているか、その上、お昼に出す食事のことまで細かく気を遣い、基子は朝から走り回っていた。とにかく、講師には気持ち良く講演をしてもらいたかったし、集まったお客さまにも満足してもらいたかった。そのことだけを考えて、労を惜しまず頑張った。

その時、朋美のしていたことと言えば、控え室の講師の隣に座って、雑談の相手をし、愛想を振る舞っていただけだ。スタッフとしてしなければならないことは山のようにあるのに、手伝う素振りも見えない。腹は立ったが、そんなことでカリカリするよりも、自分に任された仕事をきちんとやり遂げようと、基子はそう考えるようにした。

見る人はちゃんと見てくれている。努力はきっと報われる。そう信じていたからだ。

結果、講演会は大盛況に終わった。基子も満足だった。それでこそ頑張った甲斐《かい》があったというものだ。

翌日課長がやって来てこう言った。

「みんな、ご苦労だった。先生もとても喜んでいらしたよ」

そして、朋美に顔を向けた。

「先生が、気配りのあるいい社員を持っているって褒《ほ》めてくださった。君が色々と気遣ってくれたので、緊張も和らいでいい講演ができたそうだ。私も鼻が高かったよ。成功は君のおかげかもしれないな」

それを聞きながら基子は奥歯を噛《か》み締めていた。

何が気配りだ、何が鼻が高いだ。朋美のやったことなど誰でもできる。その陰で、どれだけ私が走り回ったか。気を遣い、身体《からだ》を使って働いたか。そのことは何の評価もされないのか。誰一人、認めてくれないのか。そんなことがあっていいものか。

こんなこともあった。

新入社員が、伝言の連絡ミスで、大切なクライアントとの約束をすっぽかすことになってしまった。もちろん彼女を呼んで注意した。本当は、怒鳴りたいくらい腹が立っていたが、こういう時、感情的にモノを言ってはいけないと自分を戒めて「これからは注意するように、同じ失敗は二度と起こさないように」と伝えた。

それでも、新入社員は相当きつく叱《しか》られたと感じたらしく、あちこちで基子のことを「怖い先輩」と愚痴《ぐち》っていた。しかし、それを直接耳にするとは思ってもみなかった。

コーヒーを飲もうと給湯室に向かった時だ。話し声にふと足を止めた。

「そりゃあ、基子さんは仕事ができるかもしれないけど、何もあんな言い方しなくたっていいと思うんです」

相手は朋美だ。朋美はこう答えた。

「そんなこと言わないで。彼女も悪気があるわけじゃないの。あなたのためを思って言ってるのよ、それをわかってあげて」

「でも、どうも苦手なんですよね、基子さんって。性格がきついって言うか、言葉に険があるって言うか、どこかギスギスしてるんですよね。あーあ、どうせなら朋美さんの下につけたらよかったのになぁ」

それを朋美が必死に諭《さと》している。

「それは違うわ、私なんか較《くら》べものにならないくらい彼女はデキる人よ。もっとよく付き合ってみればわかるはずだわ、あんないい先輩はいないって、きっとそう思えるようになるわ」

それが口先ではなく、本心から言っていると気付いた時、基子ははっきりと決心したのだった。

朋美だけには負けたくない。

もし朋美が、もっと狡《ずる》くて計算高くて、世の中をうまく立ち回ってゆけるタイプなら、それはそれで、正面から受けて立とうという気にもなる。あの態度はひとつの手段であって、彼女なりに考えての行動なのだと。それが朋美のやり方なのだと。それは正反対のように見えて、実は基子と同じカテゴリーの中に分類されるからだ。

けれど、朋美にはそれがないのだった。本当にそのままなのだ。そして、その素《す》の姿のままで、たとえ仕事の面では劣るところがあっても、周りから可愛《かわい》がられ、慕われ、大切にされ、存在感を持っている。

だったら自分は何なのだろう。何のために頑張っているのだろう。

必死になって仕事を成功させても、上司や同僚は口先では褒めてくれるが、結局はそれだけだ。骨身を削って、時間を惜しまず仕事をしても「ああ、ご苦労さま」とそれで終わりだ。

悔しい。憎らしい。

だからと言って、もちろん基子は表立って朋美に対して自分の感情をぶつけたりはしなかった。そんなことをしたら自分の損になることぐらい知っている。だから、表面上では仲のいい同僚というスタンスを保っていた。

けれども、いつも思っている。

どうして、みんなは私より、朋美なのだ。

私の方が努力してる。彼女ばかりが愛されるのだ。私の方が頑張ってる。なのにどうして。

そして、わからなくなる。その理不尽さに、思わず大声を上げたくなる。

それが、もっとも顕著な形で基子を追い詰めることになったのは、林田《はやしだ》が現れたことだった。

転任してきた彼と、一緒に仕事をしているうちに、基子は惹《ひ》かれてゆく自分を感じた。そして、どうやら朋美もまた同じ思いを抱いているということに気がついた。

今はまだ、林田は気付いていない。しかし、もし朋美の気持ちを知ったらどうなるだろう。

それを知るのが怖かった。きっと林田も朋美の方がいいと思うに違いない。周りの人間がそう言うように。そして誰もが、私なんかより朋美の方がお似合いだと思うに違いない。

「そりゃあ朋美さんでしょ。気立てがよくて、優しくて、あんないい子は他にはいないもの」

考えただけで、嫉妬《しっと》で頭がぐらぐらした。

早く手を打たなければ、林田を取られてしまう。

その焦《あせ》りに、いてもたってもいられなくなった。

朋美にだけは負けたくない。

年下の、どんなチャラチャラした女に取られても、朋美にだけは負けたくない。

もちろん林田のことは好きだったが、すぐさま結婚など考えていたわけではない。先手を打ってうまくベッドに誘い込み、恋人に近い立場を手に入れたが、まさか妊娠するなんて予定外のことだった。

社内恋愛ということもあり、妊娠がわかると林田は覚悟を決め、すぐに「結婚しよう」と言った。嬉《うれ》しくないわけではなかったが、あまりに急な展開に基子は戸惑《とまど》った。ばたばたと結婚式を挙げ、そうこうしているうちに悪阻《つわり》がひどくなり、しばらく入院することになった。落ち着けば仕事には復帰するつもりでいたのだが、今度は急に林田の大阪支社への転勤が決まった。会社側も林田も、基子がついて行くことが当たり前のように思っていて、実際、体調を崩したままの基子も、それ以外にどうすればいいのかわからなかった。結局「こんなはずでは」という気持ちだけが空回りしながら、退職という形を取ることになった。

「辞《や》めちゃうなんて寂しいけど、おめでたいことだもの、やっぱりおめでとうよね」

朋美が笑顔で祝福してくれる。

「ええ……」

戸惑いながら、基子は答える。

「羨《うらや》ましいわ、基子が」

「え？」

「今だから言うけど、ちょっと林田さんに憧《あこが》れてたの。でも、林田さんは私のことなんか眼中になくて。本当に基子にはいつも負けっぱなしね」

基子は黙る。

「それでね、基子が手懸けてた仕事なんだけど、全部私が引き継ぐことになったの。自信はないけど、みんなも助けてくれるって言うから、頑張ってみるわ」

すべて、基子がこつこつと努力して、契約までこぎつけた仕事だった。何もしなかった朋美がそれらを手にし、そしてきっと、ミスしながらも、周りに助けられ、そうしてまた、誰からも愛されてゆくのだろう。

「基子、どうしたの、顔色が悪いわ」

「ううん、何でもない、何でもないの」

林田は確かに手に入れた。けれどもこれが望んでいた〝勝ち〟なのだろうか。

何かを大きく間違えてしまったような気がする。

「幸せにね」

「ありがとう」

そう答えながらも、思わずその場にしゃがみこんでしまいそうな自分を、基子は精一杯支えた。

いつまでもいつまでも

今しがた、祝い金を女の子がオフィスを回って集めに来た。

金額は三千円だ。

彼女は去年入社したばかりで、無邪気な笑みを浮かべながら、何の躊躇《ちゅうちょ》もなく「〇〇さんの結婚祝いです。お願いします」とやって来た。

民江《たみえ》は一瞬、戸惑《とまど》った。もちろん金額のことじゃない。三千円ぐらいどうということはない。戸惑ったのは、彼女があまりにもあっけらかんとした態度だったからだ。

以前は、民江が独身であることに気を遣って、どこか遠慮がちに集めに来たものだ。その気遣いはまったく的外れで、その時は腹立たしさ以外の何物でもなかったが、今となってみれば懐かしい。そうされているうちは、まだ周《まわ》りには女として映っていたということだ。つまり、今はもう誰も民江を女性などと、ましてや結婚するかもしれないなどと、夢にも思っていないというわけだ。

民江は今年、四十歳になった。

今でこそ、主任という肩書きがつき、周りからは（揶揄《やゆ》も含めて）キャリアウーマンなどと呼ばれているが、決して仕事に生きるタイプではなかった。もちろん独身主義でもない。なのに、なぜこの歳《とし》まで独身できてしまったのか、考えても、自分でもよくわからなかった。

若い頃は、誰もが経験するくらいの恋愛はあったし、結婚の約束をした男もいた。けれども、ささいな口喧嘩《くちげんか》で別れてしまったり、距離や時間が障害となって成就しなかった。相手が誰でもいいなら、結婚もできただろう。好みとか、夢とか、恋愛感情とか、そういうものをさっぱり切り捨てれば、形は手に入れられる。けれど、どうしてもできなかった。

かつて、それを「君は純粋なんだね」と言ってくれた人がいたが、その人はすでに結婚していた。

三十代の半ばぐらいまでは、出会いは必ずある、と信じて疑わなかった。お見合いもしたし、パーティにも出掛けた。しかしその期待は、砂が波にさらわれていくように少しずつ少しずつ色褪《いろあ》せていった。

もしかしたら私は、恋愛や結婚なんてものにもう一生縁がないのかもしれない。

もちろん、四十歳を過ぎても、五十歳になっても、恋多き女性や結婚する女性はいる。だからと言って、自分もそうなれると信じられるほど、今さら楽天的にはなれなかった。

たぶん、自分には何かが足りないのだろう。そして、その何かは、努力やお金で手に入るものではなく、持って生まれたものに違いない。

言い換えれば運命だ。もし本当にそれが運命なら、受け入れるしかないのだろうか。一生ひとりで生きてゆくしかないのだろうか。

恒夫《つねお》と出会ったのはそんな頃だ。

彼は民江が時折寄るコンビニエンスストアでアルバイトをしていた。

最初は、気にもとめない存在だった。彼はまだ二十歳そこそこで、民江からすれば、早くに産んだ子供のようなものだ。そのままだったら、これから先も気にとめることはなかったろう。

渡されたお釣りが少ないと気がついたのは、マンションに戻ってテーブルの上にサンドイッチとヨーグルトの入った袋を置き、ジャケットのポケットの中から、釣り銭を取り出した時だった。

あるべき五百円玉がない。あの男の子だ。彼が間違えた。それとも故意にやったのかもしれない。

腹がたったが、今さらわざわざ取り戻しに行く気にもなれなかった。

それからしばらくは別のコンビニに寄るようになっていた。そんな時、不意に、背後から声をかけられた。

「あの」

「はい」

「よかった、やっと会えた」

「え？」

「俺、コンビニでバイトしてる」

「ああ」

「あの時はすみませんでした」

そう言って、彼はぺこりと頭を下げると、ポケットの中から五百円玉を取り出した。

「俺、お釣りを間違えたんです。今度、来たら渡そうって思ってたんだけど、全然来なくなったでしょう。どうしようかと思って。でも、会えてほんとによかった」

「そんな、わざわざ」

民江の方はもうそんなことがあったことさえ忘れていた。

「じゃ、これ」

手のひらに渡された五百円玉が、とても温かかった。

その温かさにふっと心が揺れた。

「また、来てください」

「ええ」

彼が背を向ける。その時、思わず声をかけていた。

「あの」

「え？」

「よかったら」

「何か」

「ごはん、一緒に、食べません？」

彼は少し驚いたような顔をした。

「すいません、でも俺、ちょっと」

民江は慌《あわ》てて首を振った。

「ううん、いいの。気にしないで。返してくれたのが嬉《うれ》しくて言ってみただけ。じゃね」

「あの」

「いいの、いいの。こんなおばさんとごはん食べたって、おいしくも何ともないものね」

こんな卑下《ひげ》した言い方しかできない自分に哀《かな》しい怒りを感じながらも、その他に言葉が見つからないのだった。恒夫が、ちょっと困ったように眉《まゆ》をひそめた。

「そうじゃなくて、行きたくても俺、金ないですから」

それを聞いたとたん、民江の身体からしゅるしゅると力が抜けた。

「お金なら私が持ってるわ」

恒夫は二十三歳で、民江より十七歳年下だ。恋愛対象になどなるはずもない。けれども、その日以来、彼は時々連絡を入れて来るようになった。彼曰《いわ》く、民江と一緒にいると楽なのだそうだ。同年代の女の子ももちろん楽しいが、やはり気を遣う。彼女らはああ見えてとても厳しく、お金がなくて女の子を笑わせられない男はあっさり切り捨てるという。

それを聞いて大変だなと思う。今の若い子も気楽に生きているように見えて、それなりに悩みや葛藤《かっとう》があるのだろう。

電話で長話をすることもある。一緒にごはんを食べることもある。お酒を飲むことも、家に招いてコーヒーをごちそうすることもある。

もちろん、ベッドの関係があるわけじゃない。だから、恋人でも若いツバメでもない。来たついでに、家の切れた蛍光灯を替えてくれたり、あかない壜《びん》の蓋《ふた》をあけてくれたりするが、友達でも弟でも親戚《しんせき》の子でもない。

なのに、どうして恒夫の話を延々と聞いたり、ごはんを食べさせたり、飲みに連れていったり、家に招き入れたりするのか、自分でもわからなくなる時があった。

ある日、恒夫と一緒に出掛けた時だ。

「この時計、カッコいいだろう」

恒夫がショーケースを指差した。

「ふうん」

民江にしたら、おもちゃみたいな時計に見えるが、若い世代では流行なのだろう。

「めちゃめちゃ高いんだ。いずれバイトで貯《た》めた金で買おうと思ってるんだけどさ」

値札には二十万ちょっとがついていた。高い。確かに高い。民江がつけている時計だって高い買物だと思っているが、十万もしない。

「買ってあげようか」

ふっ、と口をついて出た。

「えっ？」

「いいわ、買ってあげる」

「いらないよ、こんな高いもの。そんなつもりで言ったんじゃないんだ」

「気にしないの、私がそうしたいんだから、君は甘えていればいいの。だいたい、バイト料を貯めるなんて言ってたら、いつ買えるかわかんないじゃない」

「でも」

「きっと君によく似合うわ」

「ほんとにいいの？」

「もちろん」

時計を手に入れた時、恒夫は目尻にも額にも鼻にもくしゃくしゃと皺《しわ》を寄せて、嬉しそうに笑った。

これなのだった。この笑顔を見たいがために、何でもしてしまう。この笑顔を見られるなら、すべてのことをしてあげたいと思う。

かつて友人が言っていた。犬を飼っている友人だ。

「うちのリッキーなんて、毎日の餌代《えさだい》やら、病気した時の治療代やら、そりゃあもう大変な物入りよ。でもね、私にとってリッキーはなくてはならないわ。そばにいてくれるだけでいいの。どれだけお金がかかっても、見返りなんか期待しないわ。何も求めず、ただひたすら愛するだけ。それだけでいいの。そういう気持ちにさせてくれる存在が、私には必要なのよ」

聞いた時は、呆《あき》れる気持ちもあったが、今は少しだけわかる。

さっき、銀行で定期を一本解約して来た。恒夫が今住んでいる汚いアパートから、小綺《こぎ》麗《れい》なワンルームマンションに引っ越すための礼金と敷金だった。決して、恒夫から頼まれたわけじゃない。すべては民江が言い出したことだ。恒夫のあの嬉しそうな顔が見られるなら、定期の一本ぐらいどうということはない、と思ってしまう。

その前には、オートバイを買った。服とＣＤと靴も買っている。そのたび、ありがとうと子供のように恒夫ははしゃぐ。

友人が言っていたことがよくわかる。見返りなんか求めない。あの嬉しそうな笑顔を見られるだけで十分だ。そんなふうに、愛することだけで満足できる相手というものが、今の自分には必要なのだと思う。

老後の資金にと、ちまちま貯めた預金なんて、少しも私を幸福にはしてくれなかった。

今はただ、いつまでもいつまでも、今の恒夫でいてくれるよう祈るだけだ。たとえ通帳の数字が減っていっても、いつまでもいつまでも、こんな毎日が続くことを願ってやまないだけだ。

愛される女

自分がどんな女かということぐらい、繭子《まゆこ》はとうの昔から知っていた。およそ色気というものがなく、仕事は好きだが家庭的能力は皆無《かいむ》で、優しい言葉や女らしい物言いをたまらなく恥ずかしく思い、男の品のない冗談を笑ってやり過ごせず、ファッションはいつもモノトーンな色合いのパンツスーツと決めている。

モテたい、と思ったことなどない、と言ったら嘘《うそ》になるが、そうするための努力を放棄したまま、結局、三十歳を過ぎてしまった。

繭子は会社の後輩の女の子たちから「いくら仕事がデキても、ああはなりたくない」と言われていることも、同僚の男どもや上司に「あいつは早くに更年期が来るぞ」と面白がられているのも知っていた。けれども、今更《いまさら》それくらいで傷つくほどヤワでもなかった。

人生には楽しむ方法が山のようにある。繭子は毎日に十分、満足していた。結局、楽しみを見つけられない人間が、いちばん安直な恋愛や結婚からそれを見いだそうとしているだけだ。

そんな時、道也《みちや》は現れた。

「あなたが好きです」

と、言われた時、知らない国の言葉を耳にしたように、しばらく意味がわからなかった。

「不躾《ぶしつけ》にこんなこと言って、びっくりしてるでしょうけど、決して不真面目《ふまじめ》な気持ちじゃないんです。本気なんです」

道也は半年ほど前、繭子の部署に配属されて来た六歳下の後輩で、いわゆる同僚のひとりだった。

「冗談はよしてよ」

「冗談なんかじゃありません。初めて会った時から、ずっと好きでした」

「信じられない」

「あなたの気持ちを聞かせてくれませんか」

「そんなこと、急に言われても……」

「付き合ってる人でも？」

「まさか」

どぎまぎしながら答え、それから急に我に返った。

「聞いてもいい？」

「何でも」

「いったい、こんな私のどこが？」

「そんなあなただからです」

まっすぐな目で答えられた時、繭子は肩からゆっくり力が抜けてゆくのを感じた。本当は欲しくてたまらなかったものが、初めて形になって目の前に現れたような気がした。

そして恋は始まった。

恋をしたら、今までの自分はいったい何だったんだろうと思うくらい、生活は一変した。食事をし、飲みに出掛け、他愛無い長電話で夜を過ごす。手をつないだり、キスしたり、セックスをしたり、ふざけたり、はしゃいだり、そんなことが自分の身に起こるなんて考えてもみなかった。

道也は朴訥《ぼくとつ》で温厚で、年下でありながら、一緒にいると包みこまれるような感覚が心地よかった。彼を知れば知るほど、ベッドを共にすればするほど、繭子は想《おも》いを深めていった。

ふたりのことは会社には当然秘密だった。気付かれないよう交わし合う視線。そのことさえ、楽しくてならなかった。

けれども、ロッカー室の女の子たちの会話から、道也が彼女らに意識されていることを知った時、胸の中に石を投げ込まれたような気がした。

「少し、積極的に迫ってみようかな」

と、満更冗談でもなさそうに言ったのは、入社二年目の、男性社員からの人気も高く、色恋の噂《うわさ》にも事欠かない女の子だった。

「どうやって？」

「なんだかんだ言っても、男は家庭的な女に弱いの。手作りお弁当攻撃から始めるっていうのはどう？」

「なるほどね、まず胃袋を満たしてから、次にフェロモンで攻めるわけね」

「そういうこと。スケスケのエッチな下着なら任せといて」

「男なんて単純なもんだもの」

「それに、見栄《みえ》っぱり。結局、連れて歩いて恥ずかしい女はイヤなのね。私がデートでお洒落《しやれ》をするのは、彼に見せたいばかりじゃないわ。彼にとって、みんなに見せたい女になるためよ」

「それ、わかるわぁ。男って、彼女が男に人気があるとイヤがるくせに、全然ないのはもっとイヤがるんだから」


「どうしたの、料理なんか」

アパートに来た道也は、テーブルを見て目を丸くした。朝から、レシピと首っ引きでこしらえた和食だ。

「僕のために？」

「もちろんよ。これから毎週作るわ」

「ありがとう、感激だなぁ」

道也の表情が崩れてゆく。

「でも、料理は苦手なんだろ、無理しなくても、僕は外食でいいんだよ」

「ううん、やりたいの、やらせて」

道也が次々と皿を平らげてゆく。その様子を眺《なが》めていると、慣れない料理で朝から苦労したことなどすっかり忘れていた。

藺子はデパートのランジェリー売場にいた。そこにあるのは下着というよりも、カタカナ文字にふさわしいレースやフリルがふんだんに使われたブラジャーやショーツだ。今まで、コットン素材のシンプルなものばかり着けていた。もちろん、そのことに何か言うような道也ではなかったが、こんな色っぽいのを身に着けたらどんなに驚くだろう。

実際、道也は驚いた。そして、思った通り満更でもなさそうだった。ベッドの中でも、今までとは確かに違っていた。

セックスも研究したい。彼を飽きさせることのない女になりたい。雑誌などでそのテの特集をやっているとつい買ってしまう。ベッドの中で思い切ったことをするのは、どうしようもなく恥ずかしかったが、一度試せばためらいはすぐに消えていった。

「藺子、どんどん変わってゆくね」

「あなたのせい。ううん、あなたのおかげだわ」

「無理することなんかないんだからね。すごく嬉《うれ》しいけど、そのままの藺子で、僕は十分なんだから。そういう藺子を好きになったんだから」

恋の力は偉大だ。道也は今で十分だなどと言ってくれるが、いつまでも今のままの自分ではいられない。周《まわ》りには道也を狙《ねら》っている女たちもいる。もたもたしてたら、横からかっさらわれてしまう。

通勤はパンツスーツばかりだったが、デートの約束がある時は、スカートをはくようにした。楽だからというだけで履いていたペタンコ靴はやめて、華奢《きやしや》なパンプスやサンダルを選ぶようになった。言葉づかいや仕草を女らしくするよう気をつけ、仕事場では男の同僚や上司に対してもなるべく丁寧な言葉づかいをし、ほほ笑んで接するようにした。

最近、会社では繭子の変貌《へんぼう》がもっぱらの評判だ。

「綺麗《きれい》になった」

「女らしくなった」

そう言われるようになると、周りの男たちの接し方も、微妙に変化していった。呼び捨てだった名前に、さん、がつくようになり、しろよ、と命令口調だったのが、してくれる？　などと言われる。

そんな男たちの変化を、道也がデスクの向こうから気にしながら眺めている。嫉妬《しつと》されるのは、悪い気分ではなかった。嫉妬は、恋のいちばんの媚薬《びやく》だ。

すべてはあなたのためよ、と繭子は思う。料理を頑張るのも、下着に凝《こ》るのも、セックスに磨きをかけるのも、ファッションや仕草を女らしくするのも、周りの男から好感を持たれるようにするのも、みんなみんな、あなたのため。

最近、道也からの電話が減ってきたように思うのは気の回し過ぎだろうか。

留守電《るすでん》にメッセージを入れておくと、以前はすぐに折り返してくれたのが「ごめん、疲れて寝ちゃったんだ」などと言うようになった。

週末に予定が入ることも続き、手料理の出番も少ない。外で食事をした帰りは、以前はたいてい繭子のアパートに寄っていったのに「明日、早いから」と駅で別れることも多い。

そしてセックスも、おざなりにしている印象が拭《ぬぐ》えない。時には可能な状態にならない場合もあり、繭子はあらゆる努力をして、道也にその気を起こさせようとするのだが、何をしても徒労に終わることもあった。

もう、私に魅力がなくなったのだろうか。繭子は考える。努力が足りないのだろうか。もっと道也に愛される女になるためには、いったいどうしたらいいのだろう。

繭子は最近、そのことばかり考えている。仕事なんかどうでもいい。やる気もない。今の状況で、そんなものに身が入るはずがない。

そして半月後、久しぶりに道也が部屋に訪れることになった。

繭子は前日にアパートの部屋を模様替えした。ベッドカバーは青山のインテリアショップでいちばん高いものを買ってきた。ついでにセクシーなシルクのナイトウェアと、男をそそる匂《にお》いという香水と、エッチなビデオも用意した。冷蔵庫にはワインとチーズも入っている。二日前、エステサロンに行ったせいで、肌もつるつるだ。

繭子は鏡に映る自分を眺めながら、道也の来訪を待った。

女はいつだって、変わりたいという願望を胸に秘めている。もちろん、愛する男に愛されたいがためだ。そのためなら、どんな努力も惜しまない。もっと綺麗になりたい。いい女になりたい。

チャイムが鳴った。繭子はドアに飛んでゆく。お化粧も完璧《かんぺき》だ。着ている身体《からだ》の線が浮き出る黒のワンピースも似合っているはずだ。満面の笑みで繭子はドアを開けた。

「いらっしゃい」

ドアの向こうで、道也は繭子の姿を上から下までゆっくり眺める。

「勘弁してくれ……」

と、彼は小さく呟《つぶや》き、それから長い長いため息をついた。

罠

「とってもお似合いですよ」

友子《ともこ》はフィッティングルームから出てきた客に、笑顔で声をかけた。

「そうかしら」

客が身体《からだ》を右に向けたり左に向けたりして、鏡に映している。

「お顔がパッと明るくなる感じです。素材もいいですし、シルエットもきれいでしょう」

「そうね、悪くないわね」

「ほんとによくお似合いです」

しかし、そのセリフを口にするたびうんざりする。内心では、まったく違うことを考えている。

『全然よ、全然似合わないわ。それじゃ服がかわいそうってもんよ。その服はもっとスタイルがよくて、顔立ちのはっきりした女に似合うの。そう、私のような女にね』

もちろん、そんなことはおくびにも出さない。売るのが友子の仕事である。

友子は高級ブランドのショップに勤めている。ファッション関係の専門学校を卒業してから七年だ。

ファッションや流行に関して、誰にも負けない情報とセンスを持っていると友子は自負していた。そのことは仕事仲間にもよく知れ渡っており、一目置かれてもいた。そう思われると悪い気はしないし、ますます極めたくなる。雑誌のチェックは怠らず、こまめにデパートやブティックも覗《のぞ》いて回っていた。

もし誰かが、自分よりセンスのいいものを持っていると、腹立たしくなった。自分も絶対に欲しいと思う。さもなくばさらにいいものを手に入れたくなる。勤めている自社の製品も、店頭に並べる前に欲しくなって、自分のために取り置きしてしまうこともたびたびだった。社員割引ということで、半額近くの値段で買えるが、時には給料の半分以上がそれで飛んでしまうこともあった。

「じゃあ、頂くわ」

客が言った。

「ありがとうございます。すぐにお包みいたします」

『ああ、この素敵なスーツが、あんなダサイ女のものになるのね』

そんな時、友子は世の中の不条理をつくづく感じるのだった。

たまたま、金持ちの家に生まれただけではないか。たまたま、ダンナが金を持っているだけではないか。それだけで、似合いもしない服を堂々と買える。私にはその服にふさわしいスタイルと美貌《びぼう》があるのに、たまたまお金がないというだけで、諦《あきら》めなくてはならない。絶対に変だ。どこかが間違っている。

友子はいつも腹を立てていた。仕事の時は何とか我慢するが、解放されたとたん、どうにもならない苛立《いらだ》ちに包まれた。

友子はいつも道路の真ん中を歩く。相手に道を譲るのは大嫌いだ。若い女だと特にそうだ。電車の中では腕を組み、足も組む。そうしないと、ダサい乗客たちと一緒にされてしまいそうな気がする。自分が客としてデパートやブティックに行く時は、たとえ買わなくとも、胸を張り、堂々としている。生意気な客、と思われても店員には絶対に媚《こ》びない。友子はいつも思う。

自分は本来、愛想笑いをうかべて服を売る側の人間ではない。もっと華やかに、もっと注目される存在であるはずだ。こんな程度で終わるはずがない。いいや、終わらせてたまるもんか。今にみんなをあっと驚かせてやる。絶対幸せになってやる。

毎月の出費はかなりなものだった。アパートはボロだし食費も相当抑えてはいるのだが、どうしても買物にかかってしまう。今月のクレジット会社のボーナス引落しの分も、このままでは支給額をオーバーしてしまうかもしれない。

そんな時、電話があった。

「久しぶり、僕、高校の時の前田。覚えているかなぁ」

そんな名前の男の子がいたような気もするが、記憶ははっきりしない。

「元気？　君はあの頃から本当に目立ってた、僕なんか憧《あこが》れてたもん」

そう言われると悪い気はしなかった。最初は少し警戒したが、友子のよく知っている友達の名前なども出てくると、一気に親しみを覚えた。

「懐かしいなぁ。ね、今度、メシでも一緒にどう？　もっと話したいし、面白い店知ってるんだ」

友子はいつの間にか「いいわ」と答えていた。

会った時、やはり顔は覚えてなかったが、前田がなかなかハンサムだったのと、高級品を身につけていたので、友子はちょっといい気分になった。

「相変わらず、綺麗《きれい》だね。高校の時よりずっと洗練されたって感じ」

「口が上手《うま》いんだから」

「いや、ほんとさ。こんなこと、いつもの僕ならなかなか言えないんだけどさ」

案内された原宿のレストランはお洒落《しやれ》で、喋《しやべ》りがうまい前田に乗せられるような形で会話も弾《はず》んだ。話が仕事に及んだ時、彼はいくらかもったいをつけたように言った。

「正直言うと、仕事のことはあんまり人に言いたくないんだ」

「どうして？」

「うーん、早い話、すごくおいしい仕事だから。ラッキーなことは、人に広めたら損だってのが本音《ほんね》。ここだけの話だけど、僕なんかその仕事を始めてからBMWも買ったし、今は家賃三十万のマンションで暮らしているんだ。年収だってサラリーマンをやってた頃の五倍はある。学歴も資格もないこの僕がだよ」

友子は思わず身を乗り出していた。

「ねえ、それって、どんな仕事？」

前田はちょっと困ったような顔をしたが、少し声をひそめて言った。

「今日、たまたまその仕事仲間が集まってる会があるんだ。僕は後で行くつもりだったんだけど、よかったら一緒に行ってみる?」

「いいの?」

「君は特別」

「行くわ」

即座に答えていた。

向かったのは歩いて五分ほどの、洒落たテナントビルの一室だった。そこには十二、三人の人間が、男女半分ずつくらいの割合で集まっていた。皆、友子とそれほど年代の差はない。前田が友子を紹介すると、誰もがニコニコと、本当に恐縮するほどニコニコと歓待してくれた。彼らは声を揃《そろ》えて友子を褒《ほ》め、

「あんまり綺麗なんで、モデルさんが入って来たのかと思った」

なんて言うのだった。

友子がまず気付いたのは、彼らが前田に劣らずいいモノを身につけていることだった。一様に高級な腕時計をし、名の通ったブランドのバッグを持ち、服も高いものだった。前田の言っていたことは、なまじ見栄《みえ》ばかりではないらしい。

友子が来たことで、これでメンバーが揃ったということなのか、ひとりの男が立ち上がって前に進んだ。

「では、今日は私がスピーチをさせて頂きます」

拍手が起こる。男はマイクを手にして、テンション高く、語り始めた。

貧しく生まれ、友人に苛《いじ》められ、先生に無視され、大した学歴もつけられず、これといった才能もない自分は、人生に絶望し、死にたいと思ったこともあった。しかし、今の仕事に出会って生まれ変わった。陽《ひ》のあたる場所に出て、こんなにも毎日を楽しく、充実して生きている。まさに夢のようだ。幸せでならない。

そうして、男はうっすらと涙さえ浮かべるのだった。

あちこちから拍手が沸き起こる。部屋が異様な熱気に包まれる。初めはいくらかシラけた気分で聞いていたが、気がつくと友子も手を叩《たた》き、身を乗り出すように耳を傾けていた。

三日後、友子の部屋には三つの大きな段ボール箱が届けられた。美容と健康のための栄養食品だ。一個一万円。それが三十個。

「大丈夫、君ならやれる。僕が保証する。今まで、お店でたくさんの服を売って来たんだろう。その腕があるじゃないか」

「でも、私、仕入れのお金なんてないし」

「みんな最初はそうさ。僕だってゼロからのスタートだった。ローンを組むことになるけど、商品をさばけばすぐに利益が入って来る。どうってことないよ。商品はいいものなんだから、すぐに売れるし、買ってくれた人も喜んでくれる」

「それはそうなんだろうけど」

「それに、今度は君が友達を誘って、その人に商品を卸してゆけばいい。そして、その人たちがまた新たに人を広げてゆく。そうしたら、いつか君の手元には、何もしなくても手数料がどんと入ってくるようになる」

「そうなの？」

「うん、そういうシステムになってるんだ。つまり頑張った分だけ、後で楽になれるってことなんだよ。心配いらないって。君ならやれる。君は、ただの人じゃない。本当はもっと成功できる人なんだ。すごい人生を送れる人なんだ」

友子は夢心地でその言葉を聞いていた。そうだ、くすぶった人生なんか送りたくない。前田のように、あの部屋で見たメンバーのように、輝いて、充実して、いいモノをいっぱい身につけて、素敵なマンションに住みたい。

「ねえ、お店には顧客名簿もあるんだろう。専門学校の時の名簿なんかも使うといいよ。みんなをどんどん誘うんだ」

友子は大きな段ボールの箱を見つめている。

「また明日、三十個、送るからね」

「ええ、わかったわ。私、がんばるわ」

「うん、その調子だよ」

まるで考えることを放棄したように、友子はひたすら深く頷《うなず》いていた。

計画

夫に対して、泣いたり、罵《ののし》ったりしていた頃は、まだ愛していたのだと悦子《えつこ》は思う。離婚のことも「慰謝料などいらない、この生活から抜け出せるだけでいい」と考えていたうちは、夫と離れなければこの苦しみから逃れられないというような、形を変えた愛だった。

結婚して九年がたつ。その間、女とのいざこざはしょっちゅうだった。気配だけ、というのも含めれば数えきれない。

それでもずっと目をつぶってきた。自分には妻の座がある。慌《あわ》てず騒がず、結局は遊びなのだから放《ほう》っておけばいつか落ち着く、そんなふうに言い聞かせてきた。

けれども一年前に起こしたトラブルは、悦子を支えていた身体《からだ》の中心にある骨をぽっきりと折ってしまうような出来事だった。

真夜中、絶え間なく鳴り続ける電話。外泊を続ける夫。女は妊娠し、そして流産し、自殺未遂事件を起こした。まだ二十歳の女の子だった。

もうダメだ、と思った。

もう我慢できない、やってゆけない。

夫の女好きは結婚前から知っていた。

結婚にこぎつけるまで、どれほど苦労しただろう。

恋に策を練《ね》るのは、ある意味で自分の欲望との戦いだ。寝るだけの女にならないために、見縊《みくび》られる女にならないために、悦子は自分を必死にコントロールした。でなければ、他の女たちと同レベルで争うハメになる。渦中から一歩退き、そ知らぬ顔で、夫が愛だの恋だのに疲れ果てるのをじっと待った。

やがて、その通りになった。

夫は情熱に飽き、安らぎを求めた。悦子の出番だった。顔見知りから友人へ、友人から恋人へ、そしてようやく妻の座を手に入れた。

その時の幸せは、心も身体も溶けてなくなるくらいだった。

しかし、結局それは一年も持たなかった。夫の女好きは瞬《またた》く間に復活した。

知った時はもちろん傷ついたが、「それさえ含めて、夫を愛そう」と、思った。実際、夫をそれほど深く愛していた。しかし今になって思えば、愛しているという自分の姿に酔いしれていただけなのかもしれない。

何度目かのトラブルの後、悦子はふと気がついた。

夫は女好きなだけではなく、恋愛好きなのだということに。

悦子との結婚生活があり、そのプラスアルファとしてなら、よその女とどこで何をしようが目をつぶれる。しかし、夫は生活そのものに恋愛を持ち込んでくるのだった。

夫は家にいても、いつも違う女のことを考えている。顔を合わせていても、悦子の顔など見ていない。何を話し掛けても、耳に届かない。もちろんベッドの中でも同じだった。

結局、夫にとって悦子は、家の中の備品のひとつにしかすぎない存在になっていた。いつでも寝そべられるソファや、開けば食べ物が入っている冷蔵庫と同じ類《たぐい》のものだ。

かつて、そんな夫に業《ごう》を煮やし、こう叫んだことがある。

「私は家政婦じゃないのよ！」

夫は不思議な言葉を耳にしたように、悦子を眺《なが》めた。

「もちろん、そんなことは思ったこともない」

その本当の意味に気がついたのは、それからずっと後になってからだ。

夫は、家政婦となら恋愛できる。家政婦は少なくとも女だ。けれども、妻はもう女ではない。

結婚にいつまでも甘い生活を望むほど子供ではないつもりだ。男と女が関係を少しずつ変えてゆくことぐらいわかっている。

けれども、それに代わる何かが生まれると信じていた。たとえば信頼だ。たとえば絆《きずな》だ。しかし、夫はそうではなかった。新たな関係など少しも望んでいなかった。夫にとって妻は、女でも人間でもない。まったく次元の違う生きものだった。

今、夫が付き合っている女は、二十三歳になる部下だ。出張だ、接待だと言って、たびたびその女のアパートに通っていることぐらいとっくに知っていた。

一年前、自殺未遂の二十歳の女と散々もめて別れたのに、懲《こ》りることなくまたもや恋愛に夢中になり、その女との関係はもう半年以上も続いていた。すべすべの肌と、突き出た胸を持ち、女であることをちゃんと武器にできる女だ。

けれども、悦子は今、穏やかに暮らしている。もう泣いたり、罵ったりもしない。むしろ、夫の望む通りの完璧《かんぺき》な妻になった。妻の鑑《かがみ》と言われる妻だ。女でも人間でもない、妻というだけの生きものだ。

今までももちろん、妻としての努力は惜しまなかった。その時は、そうすることが夫を自分の元に引き戻せる唯一の方法だと思っていたからだ。

けれど今は違う。

全然、違う。

朝、悦子は必ずバランスの取れた和食を用意する。面倒でも魚を焼き、卵料理を作り、あっさりとした煮物を一品、それから漬物だ。漬物はもちろん自分で漬《つ》けている。味噌汁《みそしる》の具も毎日変化を持たせ、納豆《なっとう》や海苔《のり》や佃煮《つくだに》といった常備菜も欠かさない。

夕食、夫はほとんど外食だが、たまに家で食べる時は、夫の好み通りの食事を用意した。インスタントや惣菜《そうざい》屋のものなど使うはずもない。そのために、悦子は料理の本を何冊も買い込み、勉強した。

朝食も夕食も、夫は当たり前のように食べている。おいしいとも言わない。けれども悦子は不満になど思っていない。それでいい。そんなことを言ってもらうために作っているわけではない。

夫の服の管理は、ここのところ全部悦子がやっている。どのスーツに、どのワイシャツ、どのネクタイ、どのハンカチと、コーディネートはほぼ完璧にマスターしている。ワイシャツはいつもこまめにクリーニングに出し、スーツに昨夜の食事や香水の匂《にお》いが残らないよう気を遣っている。夫は女たちに「センスがいい」と褒《ほ》められているらしく、悦子の揃《そろ》えるものを毎朝安心して着てゆく。

夫は悦子の話は聞かないが、自分のことはよく喋《しゃべ》る。それが、たとえうんざりするような愚痴《ぐち》であっても、つまらない自慢話であっても、悦子は辛抱強く聞く。そうして、こう答える。

「ええ、あなたの言うとおりだわ。あなたが正しいわ。あなたってすごいわ」

金銭に関して無頓着《むとんじゃく》な夫は、家計がどう成り立っているか、まったくと言っていいほど知らない。給料は悪い方ではないが、相当の金額を小遣いとして使っている。女との恋愛に消える金だ。それがわかっていても、悦子は夫が望むだけの金を渡してきた。そのやりくりには正直言って、今も苦労している。

「おい、新聞」

そう言われれば、悦子はすぐさま新聞を差し出す。

「おい、灰皿」

それが夫がほんの少し手を伸ばせば届くところにあったとしても、悦子はキッチンからでも取りにゆく。

夫は家では王様だ。ご主人さまだ。悦子は仕える下僕《げぼく》であり、奴隷《どれい》だ。そのすべてを夫は当たり前だと思っている。妻とはこういうものだと思い込んでいる。

決行は今夜にした。

その用意をこの一年間着々と進めて来た。

夫の素行は調査会社で克明に調べ上げてある。夫の金遣いを記した家計簿や、夫のポケットの中で見つけた領収書や、自宅や携帯の電話の記録や、外泊や帰宅時間の覚え書きを、すべてひとつのファイルにまとめて弁護士に渡してある。

離婚の申し出に、たぶん夫は驚くだろう。けれども、引き止めることはない。むしろホッとするはずだ。今、付き合っている女から結婚を迫られていて、どうやら夫もその気がないわけではないらしい、ということも知っていた。

悦子にしても、引き止められることを目的にしているわけではない。たとえ引き止められても、意志を翻《ひるがえ》すつもりもない。幸いに子供もいない。すでに仕事も見つけてある。後は、相応の慰謝料を夫と女からどう引き出せるかだけを考えていた。

夫は望みどおり、その女と新しい生活を始めればいい。

そうすれば、じきに気がつくはずだ。

毎朝、毎夕、食卓にどんな食事が並べられるか。スーツやワイシャツがどんなふうに揃えられるか。自分の幼稚な愚痴や自慢話がどんなふうに聞かれるか。生活に、どれほどお金がかかるか。命令がどこまで受け入れられるか。そして、それらのことに少しでも不満を見せれば、女がどんな反応を示すか。

やがて、夫は甘やかされつくした自分が、どうにも新しい妻と馴染《なじ》めない現実を知る。当然だ。そうなるように、悦子は一年という時間をかけて、夫を、もっとも手のかかるやっかいな夫に仕立ててきたのである。

チャイムが鳴った。

夫が帰って来た。いつものように、あの女との恋愛を、隠そうともせずぷんぷん匂わせて玄関を入って来るだろう。

夫に向ける最後の笑顔ぐらい惜しまないでおこう、と思った。

悦子はテーブルに離婚届の用紙を少しの乱れもなく広げ、それから顔いっぱいに笑みを浮かべて、玄関に向かった。

電話

受話器の向こうで、コール音が鳴っている。

五回、十回、十五回。

ようやく受話器が上げられた。

「もしもし」

探るような、怯《おび》えるような、彼女の声が聞こえてくる。

「もしもし、どちらさまですか?」

それをカオルは黙って聞いている。

「いい加減にして」

彼女の悲壮な声が耳に広がった。

「あなた、誰なの? いったい何が目的なの? 私に何の恨《うら》みがあるの?」

それでもカオルは黙っている。

「警察に訴えるわ。必ず、あなたを捕まえてやるわ」

彼女が乱暴に受話器を置く。耳に不愉快な機械音が響き渡る。カオルは受話器を戻し、すぐさまリダイアルボタンを押した。

しかし、すでに電話は留守番《るすばん》電話になっていて、メッセージが流れ始めた。

「ただいま留守にしております……」

そのメッセージを最後まで聞いて、なおカオルは沈黙を続けた。電話が闇《やみ》を録音してゆく。彼女はきっと、息を詰めてそれを聞いているだろう。

彼女とは知り合いというわけではなかった。言葉を交わすどころか、面識もない。

このアパートに引っ越したその日、たまたま部屋の窓から彼女のマンションのベランダが見えた。ちょうど彼女は洗濯物を干していて、たぶん彼女のものであろうランジェリーと、男ものパジャマと、女の子の可愛《かわい》らしいブラウスが風に揺れている様子は、まるで家族で戯《たわむ》れているようだった。

彼女はカオルと同じくらいの年に見えた。洗濯物から察して、それにふさわしい夫と娘がいるのだろう。考えてみれば、どこにでもいるどうということのない家族だった。けれども、そのどうということのなさが、カオルをひどく傷つけていた。

その夜、カオルは彼女のマンションのベランダを眺《なが》め続けた。柔らかな光が三つの姿を浮かび上がらせ、それがレースのカーテンを通して、夜に溢《あふ》れ出ていた。幸せがそこにあった。カオルがどうしても手に入れることのできなかった幸福が、当たり前にそこにあった。

彼女の家の電話番号を調べるのは簡単だった。マンションの住所と、郵便受けの夫の名前がわかれば、電話帳が教えてくれた。

翌日のお昼前、ベランダに彼女の姿を認めて、カオルは電話をかけた。洗濯物を干していた彼女が振り返り、慌《あわ》てて部屋に入ってゆくのが見えた。

「もしもし」

彼女の弾《はず》んだ声がした。

「もしもし？」

黙っている。

「もしもし、どちらさまですか。もしもし？」

その声が、少しずつ不安に変わってゆくのを、カオルは息を詰めて聞いていた。

その日から、カオルは毎日、彼女の家に電話をかけるようになった。恨みなんか何もなかった。ただ、彼女のどうということはない幸福を憎んだ。

期待通り、電話は彼女へダメージを与えているようだった。それが、洗濯物を干す様子や、時折、マーケットで買物をしている時に見る表情から感じられた。回数を重ねるにつれ、彼女の頬《ほお》には影が差し、目から力が失われ、人を避けるように俯《うつむ》き加減で歩くようになっていた。それを見るたび、カオルはひどく安心した気持ちになった。

今日もまた、カオルは受話器に手を伸ばす。

そうして、無言を送り続ける。

望んでも、どうしても子供には恵まれなかった。夫は若い恋人を作り、帰らない日を続け、その恋人が妊娠すると、離婚を切り出した。泣き、罵《ののし》り、抵抗し、懇願《こんがん》し、やがて疲れ果て、離婚に同意した。

今はもう誰もいない。自分も誰も必要としないが、自分もまた誰からも必要とされなくなった。

毎日の電話だけがカオルの生きがいだった。それがなければ、自分がこの世に存在していることさえ、忘れてしまいそうな気がした。

しばらくして、電話が繋《つな》がらなくなった。こちらの電話番号を通知しないと繫がらない、という仕組みに変えたらしい。近ごろは迷惑電話を防止するために、さまざまな撃退法がある。

カオルは仕方なく、駅前まで出て、公衆電話から掛けてみた。そこからも繋がらないようにすることはできるが、不便なためにそうする人は少ない。彼女もそうだった。繋がった時は嬉《うれ》しくて、思わず声を出してしまいそうになった。

テレホンカード五〇度を一枚分。留守番電話になっていようと構わない。ひたすら数字を押し、無言を送り続ける。

それからしばらくして、今度は電話番号が変えられた。「ただ今、この番号は使われておりません」と、よそよそしい声が聞こえるようになった。

一ヵ月、かけることができなかった。その間、カオルは慎重に、かつ根気よく彼女のマンションの郵便受けを探った。その執拗《しつよう》さは情熱と呼べるものだった。そうして、ようやく目的のものを見つけた。NTTの請求書だ。そこにはちゃんと新しい番号が書かれていた。

久しぶりに電話を掛けた時、受話器の向こうで、彼女の息を呑《の》む様子が手にとるようにわかった。まるで、懐かしい友に再会できたような満足感を味わいながら、カオルはほほ笑んだ。

そろそろ預金も底をついてきた。

別れた夫から渡された慰謝料は、引っ越しをし、三ヵ月もぶらぶら過ごせばなくなってしまう程度の金額だった。毎日の電話代も相当な額になる。

実家の知り合いから働き口を紹介されて、迷ったが出ることにした。食品会社の事務の仕事は、少しも楽しいものではなかったが、さほど忙しくないというところが気に入った。

もちろんそれからも、昼休みには公衆電話に立ち寄って、必ず彼女に電話を入れた。だいたいが留守番電話にセットされていたが、そんなことはどうでもよかった。彼女の部屋に繋がっている、彼女がそれに怯えている、それだけで満足だった。

仕事にも慣れて来た頃、会社に出入りしている業者の男から、食事に誘われた。大して見ばえのしない、冴《さ》えない男だったが、誠実だということだけは、普段の仕事ぶりを見ていて知っていた。

断ると、男は足元に視線を落として、悪いことをしたわけでもないのに「すみません」と謝った。

それからも何度か誘われ、ついに断りきれなくて仕方なく食事に付き合った。

男は酒に弱いらしく、少し飲んだだけで顔を真っ赤にした。自分の生い立ちや、田舎《いなか》の風景や、好きな釣りの話をとつとつとした。

一緒にいても、大して面白いわけではない。話がうまく噛《か》み合わず、ふたりとも何度も黙り込んだ。

けれども、もう二度と会わない、というほどいやなわけでもなかった。夕食が一回分助かる、そんな程度の気持ちで、それから時折、会うようになった。

電話は相変わらず掛け続けた。

それはすでに生活の中に組み込まれていて、そうしないことなど、今のカオルには考えられなくなっていた。食べるように、眠るように、息をするように、カオルは番号を押し続けた。

男との付き合いは少しずつ馴染《なじ》んでいった。

ぎくしゃくしていた会話も自然な形で繋がるようになり、たとえ沈黙が訪れても、それを居心地が悪いとは思わないようになった。そうやって、いつの間にか男はカオルの生活に溶け込んでいた。

三カ月ほどたった時、食事の帰り、男はおずおずと小さな箱を差し出した。

「よかったら、使って欲しい」

アパートに帰って開くと、口紅だった。そんなものが世の中にあることさえ、すっかり忘れていた。

顔を上げると、窓に自分の顔が映っていた。驚いたことに笑顔を浮かべていた。カオルは両頬に手を当てて、しばらく自分の顔に見入った。

その時、ふっと思った。

今日は一度も電話を掛けていない。

カオルは男との約束の場所に、出掛ける準備をしていた。最後に、鏡に向かって口紅を引く。顔が華やいだ。それが化粧のせいだけでないということはわかっていた。

こんな気持ちなど、ずっと忘れていた。もう二度と持てないと思っていた。けれど、人はいつだって新しいドアを開けるチャンスが巡って来る。カオルは鏡の前でほほ笑み、バッグを手にした。玄関に向かうその時、電話が鳴り始めた。

カオルは受話器を取り上げた。

「もしもし」

応《こた》えはない。

「もしもし、どちらさまですか」

何もない。

カオルは息を呑んだ。

沈黙が、とろりと耳に流れこんで来た。

決心

芽衣子《めいこ》は有頂天だった。

睦男《むつお》はとにかく女にモテる。そんな彼と付き合い始めたのだから、当たり前といえばそうだろう。

実際、睦男と一緒にいると、周《まわ》りの女たちがちらちらと視線を向けるのがわかる。明らかに羨望《せんぼう》の目だった。それを全身に受けながら、堂々と睦男の腕に自分の手を絡《から》めるのは、本当に気持ちがよかった。

そんな睦男に「結婚して欲しい」と申し込まれた時、自分はきっと神様に選ばれた人間に違いないと思った。

幸福だった。満足していた。睦男は条件もよく、結婚相手として申し分ない。両親も喜んだ。友人の誰もに自慢できた。何もかもが順調だった。

けれども、正直言うと、芽衣子は睦男に対してひとつだけ不満を持っていた。それは、ベッドでのことだ。

出会った頃、あんなに芽衣子を激しく優しく抱いたのに、結婚を約束した頃から、睦男は明らかにセックスに対して熱心とは言えなくなっていた。かつて見せた芽衣子への関心も気遣いも、もっと言えば愛撫《あいぶ》の丁寧《ていねい》さも、いつのまにかなおざりになっていた。

素《そ》っ気《け》ないのである。自分本意でもあった。たとえば、まだ芽衣子の身体《からだ》が受け入れる準備を整えていなくても、強引にそれをしようとする。そして、終わるとくるりと背を向け、さっさと寝てしまう。ホテルの時は、すぐにシャワーを浴び、自分だけ先に服を着る。ベッドの中での、意味はないが大切にしたい会話も、いつのまにかすっかりなくなっていた。

けれども、その不満を口にすることが、芽衣子にはできなかった。婚約した今、こんなことぐらいささいなことのような気がしたし、何より、要求の多い女、セックスに貪欲《どんよく》な女、などと受け取られたくなかった。

それでも、時々甘えたふりをして「もっと、たくさん触って欲しい」などと、言ってみたが、睦男は笑って聞き流すだけだった。

「今更《いまさら》、何を言ってるんだよ」

睦男は、芽衣子に飽きているというわけではないのだろう。むしろ、安心しているのだと思う。もう、面倒な気遣いなど必要のない信頼しあえる関係だと。それがわかっているから、それ以上、口にするのは気がひけた。こんなことで、せっかくの結婚にケチをつけるようなことにもなりたくなかった。

けれども、ベッドの中での孤独は、芽衣子を少しずつ追い詰めるようになっていた。こんなにそばにいながら、時折、睦男を誰より遠くに感じてしまう。

芽衣子は、眠る睦男の背を見ながら考える。

これは私のせいだろうか。他の女なら、睦男はもっと一生懸命になるのだろうか。私はつまらない女なのだろうか。女として何か欠けているのではないだろうか。

馬鹿げていると思いながら、つい友人や雑誌などから得る情報に惑《まど》わされ、自分たちと比較したりした。

芽衣子はそれなりに努力した。凝《こ》った下着を着けてみたり、部屋の照明を変えたりして、睦男の気を惹《ひ》こうとしたこともある。けれども、それはたいてい空回りで終わるか、笑い飛ばされた。

「おまえって結構、好きものなんだな」

思い切って通販で買ったガーターベルトをつけて行った時、それを言われて頬《ほお》が強《こわ》ばった。思いはまるで伝わらず、どころか、睦男はすでにそれがどんなに芽衣子を傷つける言葉であるかさえ、気づかなくなっているのだった。

こんなセックスを、彼と生涯、繰り返してゆくのだろうか。

初めて、そのことを考えた。

もちろん、結婚はセックスばかりじゃない。そんなことより大切なことがたくさんあるはずだ。男と女としてよりも、夫と妻として生きてゆく。世の中には、セックスのまったくないカップルだってある。もしかしたら、こんなものなのかもしれない。これが、当たり前なのかもしれない。

周りの人間たちは、芽衣子の考えていることなど想像もしていないに違いなかった。相変わらず両親は「条件といい人柄といい、文句のつけようがない結婚相手」と手放しで喜んでいる。友人たちからは「あんな素敵な人」である睦男と婚約したことを羨《うらや》ましく思われている。

そして、芽衣子にも見栄《みえ》があった。誰に紹介しても恥ずかしくない相手と婚約していることに、虚栄心が満たされているところが確かにあるのだった。

だが、気持ちの方はどんどんささくれだっていた。遠回しなどではなく、はっきり口にしようと何度も考えたが、それを言った時の睦男の反応が怖かった。呆《あき》れられたら、うんざりされたら、またあの時のように「好きもの」なんて言われたらどうしよう。もう二度と立ち直れないかもしれない。

そうして、その思いを抱えたまま睦男とベッドに入り、とり残されてゆく自分を思い知る、という繰り返しだった。

男と出会ったのは、そんな時だ。

食事の約束をした友人から、急用で行けなくなったと待ち合わせの店に連絡が入り、帰り支度を始めようとした時だ。見るからに軽薄そうな男が近付いてきて、芽衣子に声を掛けた。

「ひとり？」

無視した。

「こんな綺麗《きれい》な女性がひとりだなんて、悪い男が近付いて来たらどうするんだよ」

そう言ってから、男は付け加えた。

「あ、僕か」

思わず、芽衣子は笑っていた。男はすかさず言葉を続けた。

「冗談だよ、僕は悪い男じゃない。顔を見たらわかるだろう」

確かに、見た目は人の好《よ》さそうな顔をしている。

「ね」

そうして、男は芽衣子が許しもしないのに隣の席に腰を落ち着けた。

「こんなふうに知り合ったのも何かの縁だと思うんだ。話をするのもイヤなくらい僕が気に入らないのだったら、あっさり退散するけど、そうじゃなかったら少し話さない？　話だけだから」

こんなところで声をかける男など、ろくでもない奴とわかっている。けれども、男があまりハンサムではないというところに、却《かえ》って安心感があった。笑うと、子供のように顔がくしゃくしゃになるのも、どこか憎めなかった。

話をするくらいならどうということはない。友達にすっぽかされて予定は白紙になり、この後は家に帰るだけだ。

「このカクテルを飲み終えるまでなら」

つい、頷《うなず》いていた。

男の話は面白かった。芽衣子は笑っていた。時には、笑いすぎて涙を拭《ぬぐ》わなくてはならないほどだった。

「せっかくだから、場所を変えない?」

迷った。もう、カクテルは三杯目だった。

「怪しい店じゃないよ。とっても楽しいんだ。行けば君もきっと気に入る。イヤならすぐ帰っていいんだから」

次の店ぐらい、と思った。そして、男の言った通り、本当にその店は楽しかった。喋《しゃべ》り、笑い、そこでも結局、相当飲んだ。

男にホテルに誘われて、それに頷く自分を、芽衣子はどこか他人《ひと》ごとのように眺《なが》めていた。

酔った勢いもあった。自棄《やけ》になっていたところもあるかもしれない。どうせ私は退屈な女なのにと、男を嗤《わら》う気持ちも。そして、どこか、睦男に復讐《ふくしゅう》する気持ちも。

芽衣子は男とベッドに入った。こうしていても、こんな形で知らない男とベッドに入るなど、自分の人生に起こるなんてまだ信じられなかった。

男は芽衣子を引き寄せ、長い長いキスをした。一枚ずつ、服を剝《は》ぎ、その間中、ありとあらゆるところに唇を押しつけた。

そしてセックスの間中、芽衣子を褒《ほ》めたたえた。

「君は最高だね。何て綺麗な身体をしているんだろう。肌もすべすべだ、身体の反応もいい、君とこんなふうになれるなんて、僕はなんて幸運な男なんだろう」

そんな言葉を、芽衣子は白けた気持ちで聞いていた。

「どうしたの? 僕、よくない?」

「いいのよ、無理に褒《ほ》めたりしなくても」

男は心底驚いた顔をした。

「どうしてそんなこと言うのさ。本当に、君は最高だよ。男ならみんな参っちゃうよ。もっと自信をもてばいいのに。ああ、たまんないよ。こんないいセックスをするのは久しぶりだ」

そう言って、男は芽衣子の耳元で囁《ささや》き続けるのだった。

こんな男の言葉など信じるつもりはなかった。言葉を、誰よりも自分がいちばん信用していないような男なのだ。それでも、感嘆の言葉を呪文《じゅもん》のように唱えられていると、芽衣子は自分の胸にくすぶっていたあの不満と葛藤《かっとう》が少しずつ薄らいでゆくのを感じた。

翌朝、男の姿は消えていた。

もちろん、男にとっても、芽衣子にとっても一夜の遊びだ。考えてみれば名前も聞いてない。今となってはろくに顔も思い出せなかった。けれど、芽衣子は男を恨《うら》む気にも、後悔する気にもなれなかった。

ホテルの窓のカーテンを引くと、朝焼けに滲《にじ》んだ町の風景が広がっていた。それを優しい気持ちで眺めた。こんな穏やかな気持ちで朝を迎えたことなど、ずっとなかったような気がした。

芽衣子はいつか笑っていた。

そうして、もう二度と、睦男とあんな虚《むな》しいセックスはしないでおこうと、決心していた。

欲

公恵《きみえ》は自分の境遇を、少しも恥ずかしいと思ってはいなかった。

古いアパートでの一人暮らしの生活は、二十歳の女の子にしては確かに質素過ぎるかもしれないが、それにも不満があるわけではなかった。

公恵には夢があった。イラストレーターになる夢だ。

そのために、日中は専門学校に通い、夜はアルバイトに励んだ。授業料や、画材の費用のためにアルバイト料の大半は費やされてしまい、当然のことながら、洋服や化粧品はすべて後回しになった。いつも同じジーパンにダンガリーシャツ。あまり同じ格好なので、時折それを笑われることもあったが、それだって少しも気にならなかった。私は私、いつもそう思っていた。

なのに、そんな公恵を敬太郎《けいたろう》は見ていられないらしい。

デートの時は、いつも何やかやとプレゼントを持って来る。いかにも女の子の喜びそうなものだ。たとえば、小さなダイヤがついたネックレスとか、可愛《かわい》い時計とか。

「いいの、そんなものいらないわ」

と、断っても、

「僕が好きでやってることだから」

と、笑って首をすくめる。あまり断ると、ひどく悲しそうな顔をするので、公恵も結局は受け取ってしまうことになる。

公恵が今持っているバッグも、着ているセーターも、みんな敬太郎からのプレゼントだ。せっかく貰《もら》ったものを、身に着けないのはもったいない、今ではそう思うようになっていた。

プレゼントだけでなく、デートの時も敬太郎は公恵をいつも洒落《しゃれ》たレストランに連れて行く。

「こんなところ、落ち着かないわ。私、ファミレスでいい」

と言っても、敬太郎は笑ってこう答える。

「うん、じゃあ今度はそうしよう。でも、今日は僕の言う通りにしてくれないか。ここの手長エビのグリル、すごくおいしいんだ。公恵にどうしても食べさせたかったんだ」

敬太郎が、裕福な生活をしていることは瞭然《りょうぜん》だった。でなければ、あんなにプレゼントをしたり、お洒落なレストランに連れてゆけるわけがなかった。

出会ったのは半年ほど前になる。公恵が土日でアルバイトをしていた居酒屋でだ。彼は何人かの友達と一緒に飲んでいた。酔った敬太郎に、冷たいおしぼりをあげたことがきっかけで、ほんの少し言葉を交わした。

それから、敬太郎は必ず土日の夜に現れるようになった。それもひとりでだ。

それがしばらく続いて、すっかり顔見知りになった頃、敬太郎がおずおずとデートの誘いを掛けてきた。その頃にはもう、公恵にとっても彼は十分に気になる存在になっていた。

初めてのデートは、西麻布のイタリアンレストランだ。グルメ雑誌にちょくちょく登場するような有名な店で、もちろん行ったことはないが、公恵も名前くらいは知っていた。料理やワインの選び方も、店の人に接する態度も、敬太郎は堂に入ったものだった。それだけで彼と自分との生活の違いを実感した。

けれども、恋に貧しいも裕福もない。ふたりはいつしか、互いを心から必要とする存在になっていた。

週に一度か二度、デートをする。電話は毎日かかってくる。時折、敬太郎が公恵のアパートに泊まってゆく。ごく普通の恋人同士だった。

初めて、アパートに招待した時、窓がうまく開かないくらい傾いていることに、敬太郎はさすがに驚いたようだった。けれども、少しも失望する様子は見せず、それからも花やケーキを携えてやって来た。

公恵は幸せだった。イラストレーターになりたくて、その勉強のために必死にアルバイトをする、その生活に四苦八苦しながらも、敬太郎と寛《くつろ》げる時間を共有できることに安らいだ。

「おいしそうなさくらんぼが並んでたから買って来た」

「このスカーフ、たまたま見付けたんだ、公恵にきっと似合うと思ってさ」

「そのスニーカー、もうぼろぼろだろ、こんど一緒に買いに行こう」

そんな時、いつも公恵は言う。

「私は何もいらないの。敬太郎がいてくれるだけでいいの。だから気にしないで」

たとえ敬太郎が裕福だとわかっていても、自分からねだるようなことは一度もしなかった。それは、とてもはしたない行為だと思っていたし、敬太郎が裕福だからこそ、公恵なりのプライドを持ち続けていたかった。

敬太郎は実家で暮らしていた。まだ、彼の家に行ったことはないが、だいたいの話は聞いていた。父親は電子機器会社の重役で、母親は専業主婦、妹はスチュワーデスだそうだ。敬太郎自身は、今は小さな会社に就職しているが、そこで修業を積んだ後、父親の会社に入ることになっているらしい。家には大型犬が二頭いて、庭を走り回っている、というから相当なお屋敷なのだろう。

「違い過ぎるわ」

と、公恵は言ったことがある。

「あなたと私じゃ、何もかもが違いすぎる」

敬太郎は悲しそうに目を伏せた。

「そんなこと何の関係があるんだ。僕の境遇は、僕のせいじゃない。僕は公恵が好きだ。その他のことは、どうでもいいじゃないか」

そんな敬太郎の言葉に、公恵の胸は甘く震えるのだった。

最近、公恵はアルバイトをもうひとつ増やそうと考えていた。今度、イラストの展覧会に出す作品のための額縁《がくぶち》が欲しかった。安い物でもないことはないのだが、画材店で気に入った額縁を見つけ、どうしてもそれを自分の作品に使いたいと思った。それだけ、公恵は今度の展覧会にかけていた。

でも高い。かなりの金額だ。

「そう言えば、額縁のことはどうなった？」

敬太郎が尋ねた。

「ああ、あれね、何とかなるから大丈夫」

「無理することないよ。何だったら、僕が買ってあげたっていいんだから」

「いいの、気にしないで」

公恵は笑って答えた。甘えるつもりはさらさらなかった。確かにお金を工面するのは大変だが、もしここで依存したら、敬太郎とますます対等でいられなくなってしまうような気がした。

それからしばらくしてからのデートの日、敬太郎は家に帰らなければならないと言った。泊まってゆくとばかり思っていたので、公恵はちょっとがっかりした。

「ごめん、この埋め合わせは必ずするよ」

そう言って、駅前で敬太郎は背を向けた。改札を抜ける敬太郎の姿を目で追いながら、公恵にふっと好奇心が湧《わ》いた。

いったい、敬太郎はどんな家に住んでいるのだろう。どんな家族と、どんな生活をしているのだろう。ちょっとだけ見てみたい。ほんの少し覗《のぞ》いてみたい。

しかし、すぐさま首を振った。

見ない方がいい。生活の違いをあからさまに見たら、今までと同じようには付き合えなくなるかもしれない。劣等感を持ってしまうかもしれない。

けれども、それにはもっと首を振った。

そんなはずはない。たとえ違いをどんなに見せ付けられても、私の心は変わらない。変わるはずがない。だから見たって構わない。

半分は悪戯《いたずら》心だった。公恵の足は敬太郎を追っていた。

電車がいくつかの駅を過ぎた。やがて高級住宅街の駅で敬太郎が下り、階段を登って、改札口を抜け、お邸《やしき》街に入ってゆく。道の両側には高い塀が続いている。こんなすごい所に住んでるのか、と公恵はやっぱり少し後悔しそうになった。

とうとう敬太郎の家に行き着いた。彼が門の中に入って行く。

しかし、その家を見て公恵の足は竦《すく》んでいた。古い小さな一軒家だった。門の錠が壊れて、扉が半分ずり落ちていた。まったく手入れのされていない柿《かき》の木が、まばらに葉をつけていた。放《ほう》り出された錆《さび》だらけの自転車、片方だけの長靴、割れた植木鉢、それらが玄関先に放置されていた。その家に、敬太郎は何の迷いもなく入って行った。

すぐにはうまく理解できず、何かの間違いだと思おうとした。しかし、敬太郎は玄関の戸を引いて「ただいま」と言った。中から「おかえり」との声があった。それがすべてを証明していた。

「いいよ、額縁は僕が買ってあげる」

敬太郎が言った。

公恵は、敬太郎の顔を眺《なが》めている。ついこの間までならはっきりと断ったろう。敬太郎にそんな負担をかけたくない。依存したくない。それは公恵のプライドが許さない。

もういいのよ。あなたのことはみんな知ってるんだから。

もし今、それを口にしたら、今までのふたりの関係はすべて変わってしまう。敬太郎が好きだ。お金持ちだと思ってた時は、お金持ちじゃなくてもこの気持ちは変わらないと信じていた。

「本当にいいの?」

公恵は上目遣いで敬太郎を見た。

「もちろんさ」

敬太郎がいつもと変わりない笑顔を向ける。

「じゃあ、甘えちゃおうかな」

私は何も知らない。何も見ていない。敬太郎は今も、高級住宅街に住むおぼっちゃんだ。

恋人にプレゼントをするのが大好きな、裕福な生活をしている彼だ。

「よし、じゃあすぐ買いに行こう」

「ありがとう、うれしいわ」

公恵は敬太郎から目を逸《そ》らし、唇を嚙《か》んだ。

部屋

三和子《みわこ》は彼を愛している。とても、とても、愛している。

いつも互いを思い合い、こころゆくまで抱き合っている。一緒にいるだけで楽しく、話していて飽きないし、ベッドの相性も最高だ。

年齢は三和子が二十六で彼は三十一。年齢的にもちょうどいい。本当に、信じられないほどうまくいっている。

しかし、残念なことがひとつだけある。それは彼に妻子がいることだ。

「じゃ、また」

狭いマンションの玄関で、帰りぎわ、ふたりは必ず軽くおやすみのキスを交わす。

「明日は、あなたの好きなビーフシチューを作ろうと思うんだけど、どう?」

「それは楽しみだな」

「ほんと、何時ごろなら来られそう?」

「そうだなぁ、七時なら何とか」

「じゃ、待ってる」

彼の背を見送って、まずは明日の約束をとりつけたことにホッとする。

押しつけがましくなく、卑屈な態度ではなく、適度に可愛《かわい》らしく、あくまでさりげなく、それをするのは難しい。たとえ彼に「明日は都合が悪い」と言われたとしても、三和子は決してイヤな顔を見せたりしない。

（とっても残念よ。だけど、いいの、気にしないで。私はあなたを束縛するような女じゃないわ。あなたの立場を理解してるもの）

彼のいなくなった部屋は、ふたりで過ごした時間の残骸《ざんがい》でいっぱいだ。三和子は彼が帰ったあと、いつもその中で、難破した船のようにしばらくぼんやりと漂っている。

今、テーブルに乗っている揃《そろ》いのご飯茶わんや、箸《はし》、皿、醬油《しょうゆ》差しや湯呑《ゆの》みも、すべては特別のものだ。それらが活躍するのは彼が来る日だけで、いつもは食器棚の中で眠っている。

昨日まで部屋のカーテンのレールに干されていた洗濯物も、ちゃんと片付けられている。彼に洗濯物を吊《つる》したところなんて見られたら、死にたいくらい恥ずかしい。そうならないためにも、今度のボーナスで乾燥機を買うつもりでいる。マガジンラックからは通販や女性週刊誌が消えて、お洒落《しゃれ》なファッション雑誌が入れられる。掃除は隅々まで行き届き、軽くてほのかに甘いトワレの匂《にお》いが漂っている。バスルームには、真っ白なバスローブとタオル。千円もする歯ブラシに二千円もするチューブ。トイレはカバーと足マットと手拭《てふ》きのタオルが揃いになったブランド製品。もちろん、それらも普段使いではなく、彼が来る日のための特別の品だ。

ベッドルームとなれば尚更《なおさら》だ。セットで二万円もしたシーツとカバー、ピロケース。いつも同じというわけにもいかず、もうワンセット揃えている。

そして、ネグリジェと下着。それはもう、うっとりするほど美しいレースをふんだんに使ったものを身につける。この部屋の中で、彼にいつ脱がされたって慌《あわ》てることはない。キッチンだろうと、バスルームだろうと、三和子はいつもそうされることを望んでいる。ましてや、その下着の中に収める身体《からだ》の手入れときたら、毎日が真剣勝負だ。無駄毛の処理は完璧《かんぺき》だし、背中にぽつぽつが出ないようローションは欠かさない。おへその中も綿棒で拭《ぬぐ》い、お尻の後ろがザラザラにならないようピーリングも怠らない。踵《かかと》の角質も丁寧《ていねい》に落とし、ピンク色の乳首を守るために、専用のクリームも塗っている。

不粋《ぶすい》な所帯臭さや、げんなりする現実は、ここにはいっさいない。ここは彼にとって快適で居心地がよく、また来たくなる部屋。そして、また抱きたくなる三和子。

こんなに完璧なのに、彼が帰らなければならない理不尽を思う。

家に帰ったって、どうせ化粧気もない妻から愚痴《ぐち》を散々聞かされ、子供にぎゃーぎゃー泣かれて、神経をすり減らしてゆくばかりだ。なのに彼は夫として、父親としての役割がある以上、そうしなければならない。

彼だってつらいのはわかっている。それでも三和子は時々そのことに鬱々《うつうつ》として、頭の中であみだくじをなぞるような思いにかられる。

私は彼を愛している。

彼も私を愛している。

彼には、たまたま妻子がある。

けれども、家庭は崩壊していて、彼は離婚を望んでいる。

それができないのは、子供がいるからだ。

離婚には時間がかかる？

一年、二年、もしかしたら三年。

それでも、待てる？

もちろん、待てるわ。愛しているから。

彼の心は変わらない？

もちろん変わらないわ。愛されているから。

保証は？

そんなものなくても、信じてる。

だんだん歳《とし》を取る。若い女は次から次と現れる。それでも彼の心をひきつけておくことはできる？

だから私はいつも優しく綺麗《きれい》でいる。この部屋をもっともっと彼の寛《くつろ》げる場所にする。

会う時は、いつも楽しく過ごして、「結婚して」とか、「私はあなたの何なの」とか、「子供が欲しい」なんて、口が裂けても言わない。彼を追い詰めない。

それ、卑屈だわ。

違う、愛しているから。愛している彼を、つらい目に遭《あ》わせたくないから。卑屈なんかじゃない。

三日、彼から連絡がないと、三和子はすっかり落ち着きをなくしてしまう。仕事が手につかなくなり、誰との会話もうわの空になる。表情が沈んで、周《まわ》りから「どこか具合でも悪いの?」と勘繰《かんぐ》られてしまう。実際、頭痛がしたり生理日が狂ってしまったりする。

予定はすべて彼が最優先だ。いつでも彼の都合に合わせられるよう、毎日ほとんど空白にしてある。けれど彼には、会わない日は女友達と出掛けたり、習いごとをしたり、会社の飲み会に出席していると言っている。負担に思われたくはないからだ。

彼と出会ってから、友達が少なくなった。モテなくなったとも思う。理由はわかっている。たまに友達と会っても、彼のことしか話さないし、彼と会わない時はお洒落する気も起きないから、男の興味も引き付けられない。それに出費も嵩《かさ》むから、部屋でじっとしているのがいちばんいい、と思ってしまう。

けれども、他人に何と思われようと三和子は構わない。彼さえいればいい。それだけでいい。後は何にもいらない。

今夜も、三和子は彼からの連絡を待っている。もう四日も電話がなくて、苛立《いらだ》ちは不安に、不安はもの狂おしさに、やがてだんだん目の前が暗くなってゆく。悪いことを考えそうになって、三和子は慌てて首を振った。

きっと仕事が忙しいのよ。前にだってこんなことがあったじゃない。もうすぐ掛かってくるわ。何事もなかったように、「三和子、淋《さび》しかった、会いたかった」って、甘えた声で。

彼を好きになってから、三和子は生活のほとんどが待ち時間になってしまったように思う。いつだって、どこでだって、三和子は彼を待っている。そうして、待つ時間に較《くら》べて、それが叶《かな》えられる時間は、あまりにも短い。

その日、彼は部屋に来た時から少し具合が悪そうだった。

「どうかしたの？」

「何だか、朝から腹の調子があまりよくないんだ」

そう言って、彼は苦し気に眉《まゆ》をひそめた。

「大丈夫？」

と、三和子は心配そうな声を掛けながら、内心はどこか浮かれていた。彼の看病ができる。何だかそれさえ幸運のような気がした。

「お粥《かゆ》でも作ろうか？」

看病ができるなら、せっかく作った手の込んだ茶碗蒸《ちゃわんむ》しが無駄になってもいい。

「いや、そんなでもないさ。せっかくの三和子の手料理だ、いただくよ」

そう言って、彼はいつものスウェットに着替え、テーブルの前に座って、茶碗蒸しを口に運んだ。

食事が終わって、三和子はシャワーを浴びた。最近買ったばかりのシルクの淡いピンクの下着を着けてバスルームから出てくると、どういうわけか寛いでいたはずの彼がスーツを着ている。

「どうしたの？」

びっくりした。

「やっぱり何か、変なんだ」

「お腹《なか》、痛いの？」

「もしかしたら盲腸かもしれない」

実際、彼の顔色は悪く、額にはうっすらと汗が滲《にじ》んでいる。

「大変、だったらすぐ医者に行かなきゃ」

三和子は慌てて電話帳を引っ張り出した。

「いや、いい。家に帰るよ」

背後からの声。

「でも、少しでも早くお医者さまに行った方が」

「家の方が安心だから」

言葉に詰まった。

今、何て言ったの？

聞き返したかったが、彼は自分が口にした言葉にさえ気がつかない。

お腹を押さえながら、彼が出てゆく。いつものキスも忘れている。急ぐ足が、彼が早く家に戻りたがっていることを教えている。

どうしてなの？　なぜこの部屋ではないの？

そうして、三和子は初めて気がつくのだ。どんなに快適でも、どんなに居心地がよくても、美しく着飾っても、セックスに磨きをかけても、彼の帰る場所はここではないということに。

玄関で見送って、三和子は部屋に戻った。

そこには生活の匂いは何ひとつなく、あるのはただ他人顔した空間だけだった。

本当は自分にとっても、この部屋はもう帰る場所ではなくなってしまったのかもしれない、と、三和子はぼんやり考えていた。

執着

耕太《こうた》と出会ったのは、今から二十年前、十五歳の時だ。

高校の入学式だった。斜め前に座る耕太の横顔を見た時から、その姿がさおりの心に強くすり込まれた。

少しウェーブがかかった髪も、笑うとくしゃりと目尻が下がる表情も、シャープペンシルを噛《か》む癖も、拗《す》ねた顔も、居眠りの姿も、さおりにはすべてが特別に見えた。教室で、男の子たちがどれだけ大声で喋《しゃべ》っていても、耕太の声だけははっきりと耳に届いた。

初めて、耕太に気持ちを伝えたのは、一年生の終わりのバレンタインデーだ。

多くの女の子たちが、そのお祭りを心待ちにしていた。男の子も同じだったろう。その日が近付くと、学校中が妙に浮き足立った。

さおりは手作りチョコレートに挑戦した。小さなハート形のチョコに、ナッツを混ぜこんだり、ココアパウダーをまぶしたりした。ラッピングにも凝《こ》った。苦労して作っただけあって、我ながらよくできたと思った。

放課後、待ち伏せて、耕太の目を見ずに差し出した。

「これ」と、言うのがやっとだった。何か言おうとしたのだが、薄荷《はっか》が喉《のど》に引っ掛かったみたいにうまく声にならなかった。

少しのためらいの間《ま》があって、耕太から「ありがとう」という短い言葉が返ってきた。受け取る彼の指がほんの少しさおりの小指に触れて、しばらくの間、そこだけじんじんしていた。

耕太は違う女の子と付き合い始めた。

ハスキーな声を持つ背の高い女の子だ。それを知った夜、さおりはベッドの中で死にかけた猫みたいに丸まった。二年生で別のクラスになりますようにと祈った。叶《かな》えられたのはそれだけだ。

周《まわ》りに男の子はたくさんいたが、さおりの目に映るのは耕太だけだった。どういうわけか、耕太はいつも薄い光のベールのようなものに包まれていて、姿を見ると、目が離せなくなる。

卒業の日、さおりは式の始まる直前、体育館に入る耕太を呼び止めた。

つい先日、耕太が背の高いあの女の子と別れていることを聞いた。それを知って、もう一度、と思った。もう一度、この気持ちを伝えたい。

たどたどしい口調で思いを告げると、耕太は困ったように眉《まゆ》を寄せた。

「嬉《うれ》しいけど、もう離れ離れだしね」

そうなのだ、耕太は東京の大学に、さおりは田舎《いなか》で短大への入学が決まっていた。

式の間中、さおりはずっと涙ぐんでいた。悲しいのは高校を離れることでも、友達と別れることでもなかった。耕太のことだけを考えていた。

再会したのは、それから二年が過ぎた頃だ。

さおりは地元銀行に就職が決まっていた。遊びがてら、東京にいる女友達を訪ねた時、思い切って耕太に電話した。卒業以来交流はなかったが、消息はいつも把握していた。

突然のことに、最初は驚いた耕太だったが、思いがけず話は弾《はず》んだ。

元気だった？　懐かしいなぁ、ずっとどうしてた？　ねえ、会おうか。ゆっくり話そう。よければ東京を案内するよ。

さおりは舞い上がった。こんなにも話がとんとん拍子に進むとは思ってもいなかった。

勇気を出して電話してよかった。

翌日、夢のような一日を過ごした。耕太はすっかり垢《あかぬ》抜けていたが、くしゃりと笑うあの顔は同じだった。知らない街を肩を並べて歩いていることだけで浮き足だっていた。お洒落《しゃれ》なカフェも、華やかなイルミネーションも、どうでもよかった。

始まった、と思ったのが勘違いだということは、田舎に帰ってすぐに思い知らされた。

お礼の葉書を書いたが、返事はなかった。電話をすると、その時は普通に会話するのだが、耕太からの連絡は一度もなかった。五回かけて、三回メッセージを残した。もちろんそれにも返事はなかった。

瞭然《りょうぜん》だった。耕太は自分に特別な気持ちはない。今度こそ諦《あきら》めよう。諦めるしかない。

さおりは唇を嚙み、再びそれを決心した。

時には、付き合って欲しいと言ってくる男もいた。

実際、付き合ったこともある。悪い人や嫌な男はひとりもいなかった。それでも、何回か会うとどういうわけか相手のことを負担に感じるようになった。相手が自分により多くの好意を持ってくれている時は尚更《なおさら》だ。ひどい言い方をすれば、気持ち悪いとさえ感じた。セックスのことも、考えないわけではなかったが、夢の中でキスする男も、セックスする男も、いつも耕太ひとりと決まっていた。

就職で、耕太が田舎に戻って来たのはそれから更に二年が過ぎた時だ。社会人になり、スーツ姿の耕太は、ひどく大人びて見えた。

諦めたはずの思いが、胸の中で再び騒ぎだすのを感じた。

かつてのクラスメート、という中でさおりと耕太の関係は始まった。ふたりだけで会うことなどあるはずもなく、二ヵ月か三ヵ月に一度くらい、仲間同士で集まる飲み会で顔を合わせるだけだ。

けれども、それだけでさおりは十分だった。耕太の顔を見ると、他の男たちに感じるあの違和感がまったくない。やっぱりこの人なんだ、という思いが静かに確実に、さおりの心を占領した。

やっぱり好きだ。どうしようもないくらい好き。

けれども、それからも耕太との距離は縮まることはなかった。

もちろん満足していたわけではないが、それはそれで快適な状態でもあった。たまに耕太に会えるだけで、退屈なOL生活も何とかうまくやり過ごすことができた。そして、きっといつか。そんな期待を胸に秘めることも楽しみのひとつだった。

二十代も後半になって、会社の同僚からプロポーズをされたり、両親からお見合いを勧められたりした。けれども、どうしてもその気になれず、さおりは首を横に振った。

耕太が、大学の時から付き合っていた恋人と結婚すると聞いたのは、二十七歳の時だ。

さおりは焦《あせ》った。そんな話は初耳だ。もし本当に結婚してしまったらどうしよう。そうしたら終わりだ。今までのすべてがムダになってしまう。

さおりは決心した。このまま指をくわえていても、少しも前には進めない。耕太が本当に結婚してしまったら、今度こそ、手の届かないところに行ってしまう。

しかし、決心して思いを告げるさおりに、耕太が返した言葉はこうだった。

「ごめん。さおりの気持ちは知ってたよ。でも、おまえのことをどうしても女として見られないんだ」

耕太がひどくすまなそうな顔をする。さおりは足元に視線を落としたまま、耕太が目の前からいなくなるまで、顔を上げられなかった。

耕太は結婚してしまった。もう可能性はない。すべてはもうこれで終わり。

さおりは自分のいちばん大切なところが死んでしまったように感じた。

私も結婚しよう。結婚したい。幸せになりたい。


耕太が離婚したのは半年前のことだ。子供を置いて、妻は男と家を出て行ったという。それからしばらくして、子連れの耕太の姿を、さおりは偶然目撃した。

耕太は、冴《さ》えない男になっていた。髪も薄くなり、太って、覇気《はき》のなさが感じられた。かつての輝きはどこにも見えなかった。

さおりはぼんやりと耕太を眺《なが》めた。耕太はもうかつての耕太じゃない。そして、私ももうかつての私じゃない。

クラス会の連絡を受けたのはそれからしばらくしてからだ。そこに耕太が出席することは、幹事から聞いていた。

その日、さおりは目一杯のお洒落をして出掛けた。もう三十五歳だが、独身のさおりはいつも二十代に間違えられる。すっかりおばさんになってしまったクラスメート達の中で、きっと誰よりも目立つだろう。耕太もきっとそうだ。そうして、後悔するはずだ。

ああ、どうしてもっと早く気がつかなかったのだろう。あんないい女を振ってしまうなんて、俺は何てバカな男なんだろう。

会場で、耕太と顔を合わせた。耕太はさおりを見ると、確かに驚いたようだった。さおりは胸を張って「久しぶり」と笑顔を向けた。

「綺麗《きれい》になったね、びっくりした。結婚は?」

「ううん、まだ」

「どうして?」

「いい人と巡り会えなかったの」

耕太が口を噤《つぐ》む。

何を考えているか、知りたかった。その目はきっと後悔だ。もし本当に後悔しているなら、今からでも遅くはない。心を入れ替えるなら今までのことはみんな水に流してあげる。

やっぱり好きだとさおりは思う。理由なんてない。とにもかくにも耕太でなければ駄目だ。耕太以外の男など考えられない、さおりにとって一生に一度の恋なのだ。

その時、女が近付いて来た。同級生の志保《しほ》という女だ。

さおりは思わず眉を顰《ひそ》めた。彼女が嫌いだった。突然、志保が耕太の腕に手を回した。

「私たち、結婚するの」

驚きのあまり声も出なかった。

志保は美しくもなく、がさつな性格で、昔からみんなに嫌われていた。嫁ぎ先からも素行が悪くて追い出された女だ。そんな女と再婚するというのか。

さおりは耕太を凝視した。耕太が照れ臭そうに笑った。以前と同じ笑顔だった。それは決して作り笑いではなかった。

どうしてなの？　あの女より私は劣っているの？　どうして私じゃダメなの？　耕太にとって、そこまで私は価値のない女なの？

「さおりも、早くいい人が見つかるといいね」

耕太の言葉に「ありがとう」と答えながら、唇の端が震えた。

今度こそ、違う男を好きになる。そして結婚する。もう三十五歳だ。こんな男のために自分をがんじがらめにすることはない。耕太なんて幻想だ。錯覚だ。もういい、もう忘れる。私だって、幸せになりたい。

男なんて星の数ほどいる。今からきっと耕太以上に愛せる男がきっと現れるに決まっている。

けれども、そう思いながらも、耕太のその変わらないくしゃりとした笑顔を見つめていると、本当にこれで諦めることができるのか、今もなお、はっきり確信できない自分自身に気付き、さおりは思わず身震《みぶる》いした。

しっぺ返し

「あんたはいったい誰に似たのかしらね」

幼い頃、鈴子《すずこ》の顔を見ながら、ため息をついた母の失望の表情を忘れはしない。

「鈴ちゃんは、岩の役ね」

お遊戯発表会の役ぎめで、幼稚園の先生から、躊躇《ちゅうちょ》なく頭からすっぽり隠れる衣裳《いしょう》を手渡されたことを忘れはしない。

「そうね、あなたはしっかり勉強して、いい大学に入るのを目標にしたらどうかしら」

高校の進路相談で、担任が成績表と鈴子の顔を交互に眺《なが》め、そう言ったことを忘れはしない。

「人間は顔じゃないわ」

親友から、真剣な眼差《まなざ》しで念を押されたことを忘れはしない。

「ブスは引っ込んでろよ」

大学の飲み会で、酔った男の子に面と向かって言われたことを忘れはしない。

頑張って勉強をした。必死にダイエットもした。いつでも愛想よく振る舞ったし、友人とは誠実に付き合ったし、他人には親切丁寧《ていねい》に接してきた。

けれども、友達と思っていた女の子は、鈴子から好きな男の子の話をむりやり聞き出し、相手に伝えてからかいのネタにした。男の子は二度と鈴子と口をきかなかった。いつも一緒に飲んだりショッピングに出掛けていた友達は、合コンや飲み会になると、鈴子を呼ぼうとはしなかった。めずらしく呼ばれた時は幹事をやらされて、精算して外に出ると誰もいなかった。

表面上は友好的でも、ないがしろにされていた。馬鹿にされ、見下されていた。

勉強の成果でいい大学には入れたが、希望する会社にはあっさりと落とされた。自分よりずっと成績の悪い友人がそこに決まったことを知った時、絶望がひとつの形になった。

もし、私が美しかったら。

少なくとも、それまではポジティブに考えてきた。見た目なんて関係ない。自分をわかってくれる人は必ずいる。そう解釈するよう努力してきた。けれども、本当のところは、そんな努力にもうすっかり疲れ果てていた。

世の中には、何の努力をしなくとも、鈴子の手に入らないものをいともたやすく手に入れる女がいる。

美しい女だ。

そんな女たちをはすかいに眺めながら「いつかしっぺ返しが来る」と思っていたが、たやすくそれはやって来なかった。やって来たように見えても、すぐにまた新たな幸運が舞い下りて、彼女たちの人生を彩《いろど》った。

「美しい女は、たとえどんなに馬鹿でも、そこにいるだけで価値がある。醜い女は存在そのものが罪だ」

と言い放った男がいた。

心底、軽蔑《けいべつ》したが、本当はその男に惹《ひ》かれていた。

会社に落ちてから三年。鈴子は不本意な仕事につきながらも、働きながら専門学校に通い、必死に勉強して、税理士の資格を取った。資格があれば、写真だけで運命を左右されるようなことはないと思ったからだ。

その通りだった。今、鈴子は腕のいい税理士として、同世代の女たちよりはるかに高い収入を得るようになっている。

そうして、そうなったからこそ、痛切に思った。

美しくなりたい。美しくなって、今までとはまったく違う人生を手に入れたい。

美容整形病院のロビーは、美容院やエステティックサロンと似ていた。

待合室に座る女性たちは、鈴子から見れば十分に美しい女たちだった。聞けば、リピーターが多いという。ひとつを直せば、また別のところを、と美への執着は手に入れれば入れるほど強くなるものらしい。

目を二重にし、鼻にプロテーゼを入れて高くし、頬骨《ほおぼね》と顎《あご》を削って輪郭を変え、歯並びを矯正した。それからバストを大きくし、余分な脂肪は吸引した。

今まで貯《た》めてきた金をすべてはたいて、鈴子は別人になった。税理士という資格があれば、就職先には困らなかった。仕事と住まいを変え、田舎《いなか》の家族や知り合いたちとの交流もすべて断ち、鈴子は美しい女として、新しい生活を始めた。

美しさは、予想を超えた満足感を与えてくれた。

男たちは誰もが親切で優しかった。会社にいても、食事や飲みに出掛けても、ただ道を歩いているだけでも、ふと顔を上げると、男たちが鈴子を見つめていた。

もちろん、男たちは誘いを掛けてきた。その態度の奥に「断られるかもしれない」という恐れと葛藤《かっとう》を忍ばせていて、言葉の端にいつでも冗談で済ませられるような逃げ道を用意していた。

男なんて、所詮《しょせん》、気の小さい生きものだということを初めて知った。

しかし、男がそうなるのも、美しい女の前に立った時だけのことだ。鈴子が以前のままなら、そんなことには気付くこともなかっただろう。

散々、男たちと遊び回り、セックスした。男に奉仕させ、貢《みつ》がせた。けれども、そんなことにはじきに慣れた。

新しい職場で、鈴子は事務員たちに「美人だからって何よ」と陰口を叩《たた》かれていることを知った時、踊りだしたい気分になった。

その時、初めて気付いた。

望んでいたのは、男にもてることではなかった。女たちを嫉妬《しっと》させ、羨望《せんぼう》の目で眺められることだ。

やがて、鈴子は男にどんなに誘われても、簡単に首を縦に振らないようになった。男に選ばれる側の女になりたくなかった。男が持つお金や名誉や力に、自分の美しさを屈伏させたくなかった。

そんな男と一緒にいても、所詮は男の見栄《みえ》や虚栄心のために使われるアクセサリーでしかない。選ぶのは、自分の方だ。美しい女には、男を選ぶという権利がある。

鈴子が選ぶのは、自分の隣に立って絵になる美しい男だ。当然だが、人間性など期待していない。かつて、男が鈴子にしてきたことを思い出せば、そんなものを持つ気にもなれなかった。

瀬田《せた》とは仕事で知り合った。

鈴子が新しく担当したクライアントのひとりとして現れた。

美しい男だった。

何度か顔を合わせて、鈴子は及第点をつけた。瀬田の方もまた当然のことながら、鈴子に興味を持っていた。そうなれば話は簡単だった。

背が高く、顔立ちがクールで、センスもよく、振る舞いが都会的な瀬田は、女たちの視線を集めるに十分な男だった。ふたりでいると誰もが振り返った。男たちは、鈴子を見て、瀬田を眺め、諦《あきら》めのため息をつき、女たちは、瀬田を観察し、鈴子を認め、嫉妬に歯軋《はぎし》りした。

出会った頃、彼に言われたことがある。

「君は、自分が美しいことを特別ではなく、当たり前のように思ってるんだね。きっと小さい時から、綺麗《きれい》だって言われ続けてきたんだろうな」

思わず笑ってしまった。瀬田の思いがけない純情を嬉《うれ》しく思い、同時に、美しさがもう完璧《かんぺき》に自分のものになったことを自覚した。

鈴子は瀬田とのデートで、隠れ家的なレストランなど利用しない。地味な服を選んだりもしない。いつだって、どこでだって、見られることを意識している。女たちのあの意地悪な、それでいて敗北感に打ち拉《ひし》がれている様子を見るのは何ものにも勝る恍惚《こうこつ》感を与えてくれた。

瀬田とはすぐに彼の部屋に泊まる関係になった。瀬田はまるで罪をおかした者のように、鈴子を恭《うやうや》しく扱った。ふたりはいつも蜜《みつ》のように溶け合いながら夜を過ごした。

「愛している、愛している、どうしようもないくらい、君を愛している」

こんなにも美しく、女たちの目を釘《くぎ》づけにする男が、自分の愛を請うてひざまずく。そのことに、鈴子はうっとりする。かつての自分では一生味わえなかったろう。すべては美しさの賜物《たまもの》だ。

その夜、ベッドで眠りこける瀬田を残して、鈴子はひとり抜け出した。ガウンを羽織り、キッチンに入って、冷蔵庫からエビアンのボトルを取り出し、直接口をつけながら、居間に戻った。

本棚を覗《のぞ》いたのは単なる気紛《きまぐ》れだった。

マーケティングに経済学、経営学といったタイトルが並んでいる。一冊を手にしたものの、こんな甘い夜に似合わないと思い直し、すぐに戻そうとした。その時、棚の奥に押し込められたものが見えた。

大きめの単行本、いや、写真集のようなものだ。もしかしたら誰かのヌード写真集かもしれない。やっぱり瀬田も男だ。思わず苦笑しながら、鈴子は引っ張りだした。

それは高校のアルバムだった。瀬田の母校らしい。

もちろん鈴子は開いた。瀬田のかつての姿を見てみたかった。あの美しい彼の、まだ幼さの残る詰《つ》め襟《えり》姿も悪くない。

何枚かページをめくり、ようやくその名を探し当てた。そして、その名前の上に写る写真に目をやり、鈴子は喉《のど》の奥で小さく叫び声を上げた。

これは誰？

しばらく目が離せなかった。細い目と低い鼻、唇はぶ厚く、エラが張っている。

しかし、何度見ても写真の下には瀬田の名前が書いてある。そう言えば、頬の辺《あた》りに名《な》残《ごり》がないこともない。似ても似つかないのだが、そこにいるのは確かに瀬田だということを鈴子は確信した。

鈴子は震える指でアルバムを閉じた。

そうして背中一面粟立《あわだ》てながら、瀬田の眠る寝室をゆっくりと振り返った。

隣の女

今日は可燃ゴミの日だ。

園子《そのこ》はゴミ袋を手にし、慌《あわ》てて部屋を飛び出した。いつもより十分も遅れている。朝、寝呆《ねぼ》けて目覚まし時計を止めてしまい、すっかり寝坊してしまった。

ドアに鍵《かぎ》をかけ、焦《あせ》りながら階段に向かうと、淡いピンクのスーツを着た女が集積場にゴミを出しているのが見えた。隣の部屋の女だ。年は二十代後半で園子とほぼ同じくらい。大きなゴミ袋がぱんぱんにふくらんでいる。

園子は舌打ちしたい気分になった。

寝坊したのは彼女のせいだ。彼女のせいで昨夜は、いやここのところずっと眠れない夜が続いていた。

彼女は三カ月ほど前、隣に引っ越して来た。まともに顔を合わせたことはないが、彼女のことはよく知っている。

テレビはバラエティか歌番組しか観《み》ない。よくテレビゲームをやっている。くしゃみは三回続けてする。朝に必ず十分のシャワー。鼻歌は決まってミスチルだ。

決して知りたいわけじゃない。ただ、知ってしまうのだ。一見洒落《しゃれ》たアパートだが、安《やす》普請《ぶしん》で壁が薄く、聞きたくもないのにいろんなことが耳に入って来る。

そして、毎日のように男が泊まりに来ることも、園子はもちろん知っていた。午後七時過ぎに、男はいつもやって来る。おかえりなさい、と迎える鼻にかかった甘い声。ふたりのじゃれあう声。テレビを観て、食事を終えて、しばらくの間静かになったかと思うと、やがてベッドが軋《きし》みだす。今度はあられもない喘《あえ》ぎ声。加えて、男の卑猥《ひわい》な言葉。行き着くあの時の声。

男が来るとゴミが多くなる。そんなことぐらい園子も知っていた。好きな相手をもてなすために、女は食べ物にしろ飲み物にしろ、つい色々と買い込んで、結果、ゴミが増えることになる。

園子も、三カ月ほど前まではいつもうんざりするほどのゴミを出していた。燃えるゴミも、分別ゴミも袋にいっぱいだった。

園子はアパートの階段を下り、隣の女が捨てたゴミ袋の上に、自分のを置いた。それは不安定に揺れて、彼女のゴミ袋から転げ落ちた。

今はもう、わざわざ大きいのを使わなくても、スーパーのビニール袋で十分だ。所詮《しょせん》それくらいのゴミしか出ない生活を送っている。

オフィスの壁にかかる時計の針は、そろそろ午後五時を指そうとしていた。

ようやく退社時間だ。退屈なデスクワークから解放されるのは嬉《うれ》しいが、口からはついため息がもれていた。

今日も、達朗《たつろう》から電話はなかった。携帯電話も、仕事中に何度も伝言を調べたが、空振りに終わっていた。

電話がないなら、こっちから連絡すればいいのかもしれない。今日だって三十回はそうしようと思った。そうすれば、案外と簡単に話はまとまって「じゃあ今夜、飯でも食おうか」ということになるかもしれない。実際、以前はよくそんなふうに、唐突に約束が成立したものだ。

もう達朗から電話が入ることはないのかもしれない。だとしたら、会いたいなら自分からかけるしかない。しかし、そうするにはそれなりの口実が必要だ。

そうだ、CDを貸したままだった。あれが急に聴きたくなったから返して欲しい、と言うのはどうだろう。あのCDは達朗が自分のMDに吹き込むと言って持っていったままだ。理由としては正当だ。

そうだ、それにしよう。

園子は受話器に手を伸ばした。それでも、番号を押す段になって、指先が人見知りな子供みたいにためらった。

この三カ月の間で、達朗はすっかり変わっていた。園子への対応も、あっさりを通り越し、まるで、喋《しゃべ》ったら不利になると弁護士から釘《くぎ》を刺されている被告人みたいに淡々としていた。

今日もまた、もし、露骨な拒否の声を出されたらどうしよう。どんなに傷つくだろう。

そうして、それがわかっていながら、少しも気付かないふりをして、無邪気に「元気？」と尋ねる自分を想像しただけで身震いしそうになった。

別れましょう。

そのセリフが言えないのはなぜだろう。もう結末は見えている。覚悟もついている。達朗が言い出す前に言ってしまえば、少しはカッコイイ女になれるかもしれないのに。

いいや、と園子は首を振る。

そんなことをすれば達朗の思うツボだ。面倒な別れ話をする手間が省《はぶ》けて助かったと、舌をぺろりと出されるだけだ。そんな思い、させてやるものか。

別れてなんかやらない。絶対絶対、別れない。


今夜もまた、薄い壁の向こうから聞こえるふたりの様子が、電磁波みたいに園子の気持ちを苛立《いらだ》たせる。

同じ作りの部屋だ。六畳のフローリングに四畳半のキッチン。一間《けん》のクローゼット。不便なユニット式バストイレ。

何もかも同じだ。なのに、たったこんな薄い一枚の壁を隔てただけで、どうしてこうも違うのだろう。

〝くふくふ〟との含み笑いが、わざとらしい〝いやいや〟に変わる。そうしてすぐにベッドが軋み始め、女の喘ぎ声で部屋が満たされる。

本当なら、隣に男が訪れる夜は、なるべく帰りたくないと思っている。けれども、この期《ご》に及んで、園子にはまだ捨てられない期待があるのだった。もしかしたら突然、達朗がドアをノックするのではないか。俺が悪かった、もう一度やり直そうと、園子を抱き締めるのではないか。

けれども、そんな想像も、隣のあからさまな声にかき消されてゆく。隣への抵抗は、テレビのボリューム音を大きくするくらいだ。

他人の幸福なんて、喜んであげられるのは自分が幸福な時だけだ。

ケンカすればいい。別れればいい。ふたりとも不幸になれ。

ベッドに潜り込んで、園子は呪文《じゅもん》のようにそれを繰り返した。


ついに電話をした。

電話を待つ、ことにも、電話をしないでおく、ことにも、すっかり疲れ果てていた。

たかが、こんなことでストレスでつぶされそうになっている自分に腹が立ったし、こんなストレスを自分に与えている達朗にはもっと腹が立った。

電話に出た達朗は、困惑したように言った。

「わかってるんだろう、もう」

それだけで、果てしなく繰り返してきた葛藤《かっとう》を足蹴《あしげ》にされたような気がして、園子の気持ちは固く閉ざされた。

「何が？」

園子はいくらかかすれた声で、とぼけながら答えた。

「だから、もう俺たち、ダメだってこと」

「俺たちってどういうこと。ダメと言ってるのは達朗でしょう。勝手に半分を私に押しつけないで」

達朗がため息をつく。

「でもさ、こういうのって片方がダメになったら、終わるものじゃないのかな」

「こういうのって何よ」

「だから、男と女の関係だよ。俺たち、このまま続けてどうなるっていうんだよ。先は何にもないんだぜ」

達朗の言っていることが、わからないわけではなかった。確かに、このまま続けてどうなるというのだろう。達朗の気持ちは完全に離れている。二度と戻らない。たぶん、もう他に好きな女がいるのだろう。

それがわかっているのに、気持ちは治まらない。いいや、わかっているからこそ尚更《なおさら》だった。

園子は声を荒らげた。

「何もかも、自分の思い通りになるなんて思わないで」

自分の胸の中にくすぶっていた悲しみと絶望が、怒りという感情に変わってゆくのを、園子は確かに意識した。

「いい気にならないで。どうしても別れるって言うなら、達朗の会社に乗り込んで上司に訴えてやるわ。田舎《いなか》の両親にだって、息子はこんなひどい男だって言ってやるわ。慰謝料だってとってやる。一生つきまとってやる。私を馬鹿にしないで、見縊《みくび》らないで！」

とにかく隣の女を何とかして欲しい。

毎晩のように男とセックスするのを聞かされるのはたまらない。

園子は思い余って大家さんに電話をした。もちろん直接的な言い方はせず、やんわりと訴えた。

「夜、うるさくて眠れないんです。すみませんが、少し注意してもらえませんか」

すると、大家さんは何やら含んだような言い方をした。

「そうなの、困ったわね。注意はしておきましょう。でもね、三カ月前までそこに住んでいた女性も、同じことを言っていたのよ。結局、引っ越して行っちゃったけど」

園子は黙った。背中が熱かった。

収集日、園子は大きなゴミ袋をふたつ下げて家を出た。

袋の中には、部屋に残っていた達朗の持ち物がみんな放《ほう》り込まれていた。パジャマ、歯ブラシ、ジャージにトランクスにTシャツ。

集積場には、たぶん隣の部屋の女のものであろうゴミ袋が出ていた。相変わらず大きな袋だ。園子は、そのゴミ袋の上にどさりと置いた。今日は、下のがつぶれてしまうほどの重さだった。

それからよく晴れた空を見上げ、今日は会社の帰りに、不動産屋に寄ってみようと考えていた。

勝負

鏡には、ため息が出そうなくらい、美しい自分が映っている。

オーガンジーをたっぷり使ったウエディングドレスは、わざわざオーダーしたものだ。

元江《もとえ》は今日、結婚する。相手は同じ会社の康夫《やすお》だ。エリートで、ハンサムで、なのに少しも嫌味がない。そんな康夫と結婚する元江は、今、まさに幸福の絶頂だった。

同僚で、友達でもありライバルでもある友里《ゆり》が、彼に想《おも》いを寄せていたことは知っていた。けれども、そのために諦《あきら》めることなどできるはずがなかった。どんなに仲が良くても、結婚と友情を天秤《てんびん》にかけたら、傾くのは結婚に決まっている。

専業主婦になることに、さほど抵抗はなかった。女は結婚する相手によって、人生が大きく変わる。康夫なら間違いない。条件もいいし「必ず君を守る」という男気もある。

好きなインテリアに囲まれて、日中はのんびり過ごし、料理を作って、彼の帰りを待つ。とやかく言われても、結局はそれが女の幸せというものではないだろうか。

それが今、叶《かな》えられる。

元江は、勝利を嚙《か》み締めながら、うっとりと鏡の中の自分に酔いしれた。


三年後。

友里は今日の辞令で、チーフという立場を与えられた。

やっていてよかった、としみじみと思った。

かつて、元江が康夫と結婚すると聞いた時、いっそのこと会社を辞《や》めてしまおうかと考えた。康夫が好きだった。できることなら結婚したかった。あの時、元江に彼を奪われて、自分のすべてを否定したくなった。私なんか何の価値もない女なのだ、と。

会社に留《とど》まったのは、元江が結婚退職をして顔を合わせなくて済むようになったからだ。もちろん「ふられて辞めた」と思われるのが悔しかったせいもある。

それから三年、夢中で仕事をした。それしか残されたものはなかった。残業も出張も、いやな顔をせず引き受けた。それが少しずつ評価され、こうしてチーフという役職を手に入れた。同期の女性社員の中ではただひとりだ。異例の抜擢《ばってき》だった。

あの時、元江に負けたと思っていた。けれど、今は、そんなことを思った自分を笑っている。

結婚した元江が、毎日を退屈しきって暮らしているという話は、最近ではすっかり信頼できる同僚という関係になった康夫から聞いていた。

「暇つぶしに、習いごととかスポーツクラブに通ってるみたいだけど、何だか、不満ばっかりでさ。参っちゃうよ」

その康夫は、とんでもないことに会社の若い女の子と不倫をしている。

友里はつい安堵《あんど》の息を吐く。

あの時、康夫と結婚なんかしなくてよかった。仕事はやりがいがある。生きがいも感じている。今の私の方が、たぶん、ずっと幸せだ。元江なんかよりずっと。

五年後。

子供がこんな可愛《かわい》いものだとは思ってもみなかった。

結婚していろいろあったが、この子を産んでよかったと、元江はつくづく思う。

子供の寝顔を見ていると、毎日の不満も愚痴《ぐち》もすっきりと消え去ってゆく。康夫の浮気が発覚した時は、大モメしたが、結局は元の鞘《さや》に納まった。妻という座は強いということも確認した。

友里と、この間、久しぶりに顔を合わせた。彼女は疲れ果て、表情にもどこか険のようなものが見えていた。康夫に聞いたところによると、あまり業績が伸びないらしくて、友里も結構つらい立場にいるという。やっぱり世の中、そううまくはいかないものだ。バリバリ仕事をしていると聞いた時は、正直言って焦《あせ》りのようなものを感じたが、ちょっとホッとした。

「友里も早くいい人を見つけたらいいのに」

と言ったら、すごくいやな顔をされたが、頑張り過ぎる女は見ていて疲れる。

自分はああならずによかった。元江は胸の中で小さく「お気の毒さま」と、呟《つぶや》いた。

十年後。

会社なんて、冷たいものだとつくづく思う。ちょっとした躓《つまず》きがきっかけとなり、リストラにかかって、結局、退職に追い込まれる結果となった。

こんな時、頼れる人が身近にいないことがひどく心細かった。正直言って、元江が羨《うらや》ましかった。結婚していれば、不安を感じることはないのかもしれない。

それで、こっそりと何人かと見合いをした。けれども、心を動かされる人とは巡り会えなかった。周《まわ》りからは「あなたももう年なんだから、贅沢《ぜいたく》は言えないわ」と諭《さと》されたが、それで妥協するくらいなら、一生、独身を通した方がマシだと思った。

そのことで痛感した。もう誰かをアテにするような生き方はやめるしかない。何があっても、自分の足で立っていられるような生き方をするしかない。

そう思うと、覚悟もついた。

これから職探しだ。諦めない。私は私の道をゆく。

元江には負けられない。

十五年後。

世の中は不況で、失業者もいっぱいいることはわかっている。だから、安定した暮らしができる自分は幸福なのだろう。

けれども、康夫に「俺が食わしてやっている」という態度で出られるのは、腹が立ってならなかった。外面《そとづら》はいいのに、家ではブスッとしてばかりで、元江を家政婦のように扱う。その上、性懲《しょうこ》りもなく、浮気を繰り返している。もちろんセックスなんかまったくない。

この間「文句があるなら、いつでも離婚してやる」と言われた。それができたら、どんなにすっきりするだろう。けれど、収入の道はない。子供を抱えて暮らしてゆく自信もない。この状態で離婚すれば、子供は康夫に取られてしまう。

「ほれみたことか」

と、康夫は鼻で笑っている。唇を嚙んで、元江は言葉を呑《の》み込む。

あてつけに、昔のボーイフレンドと浮気をしたこともある。肉体はそれなりに満足したが、虚《むな》しさは少しも埋まらなかった。

先日、女性誌に友里が載っていた。女性起業家として注目されているという。びっくりした。悔しかった。羨ましかった。今の自分は、友里に完全に負けている。

二十年後。

ひとりで始めた人材派遣の会社が時流に乗って成功していた。今では、二十人ばかりの社員を持つ会社の社長になった。

状況に満足していた。これから、更に飛躍したいという夢もある。

けれども、それを分かち合う相手がいないのだった。恋はたくさんしてきたが、付き合う男はみんな妻子持ちで、何だかんだ言いながら、最後には家庭に戻っていった。年下の独身の男と付き合えば、彼らは友里を踏み台にしか考えていなくて、やがて若い女に乗り換えていった。

人が羨むような豪華なマンションに暮らしていても、帰れば、たったひとりだ。ひとりの快適さはよくわかっているつもりだ。けれども、それと引き替えにする虚しさもまた深い。頑張って働いてお金を貯《た》めても、残す相手もいない。せめて子供を産んでおけばよかったのかもしれないが、それも手遅れの年齢になってしまった。

風の噂《うわさ》で、元江のことを聞いた。家族三人で、幸せに暮らしているという。平凡だけれども、まっとうで暖かい安らぎに満ちた家庭が想像できた。

元江には負けたくなかった。結婚だけが幸せではない、と嘯《うそぶ》いてきた。今ももちろんそう思っている。

けれども、それが正しかったのだろうか。これが本当に自分の望んでいた生活だったのだろうか。

二十五年後。

子供が結婚して、家から出て行った。

これから康夫とまたふたりの生活が始まる。それを考えただけで、濁ったため息がもれてしまう。

外から見れば、恵まれた人生に見えるかもしれない。実際、他人には幸福な妻を振る舞っている。けれど、胸の中にふつふつと沸き起こる疑問を消すことができない。

私は五十歳を過ぎた。このまま、残りの人生を、ただ消費するためだけのような生き方をしてゆかなければならないのだろうか。

もしかしたら、もっと違った人生があったのではないか。康夫と結婚すれば幸福になれる、あの時、そう信じていた根拠はいったい何だったのだろう。

もし、友里のようにひとりで生きていたら。

もしかしたらそこにこそ幸福があったかもしれない。

私は、友里に勝ったのだろうか。


三十年後。

ひとりで頑張ってきた。今の成功も、長い努力の結果だ。すべては自分の手で摑《つか》んだという、自負がある。

なのに、どこかに何か大きな忘れ物をしてきたように落ち着かないのだった。

友里は、よく思う。

もし元江のように家族を手に入れていたら。

もしかしたらそこにこそ私の欲しかった幸福があったかもしれない。

本当に、私は元江に勝ったのだろうか。

時はこれからも刻まれてゆく。

主婦の座

前の夫は最低だった。

結婚する時「僕の帰りを家で待ってくれる妻になって欲しい」と言うから専業主婦に徹したのに、三年もすると「おまえはいいよな、気楽で」と皮肉るようになった。

「家でぐーたらしてるだけだもんな」

たまりかねて、千津《ちづ》は反論した。

「遊んでいるわけじゃないわ。私だって、主婦としてそれなりに頑張ってるのよ」

「よく言うよ、主婦の仕事なんて所詮《しょせん》お遊びだろ。亭主に稼がせて、自分はタダ飯食って、ワイドショー観《み》て、昼寝して、まったくいいご身分さ。おまえに、俺の大変さや苦労の何がわかるんだよ」

酒を飲んで夜遅く帰ることがそんなに大変なのだろうか。週末になるとゴルフバッグを抱えて朝早くから出てゆくのを苦労と呼ぶのだろうか。

やがて夫の仕事は不況にあおられた。残業手当がなくなり、係長という役職手当が削られて、口座に振り込まれる給料は二割は減るようになった。それでも月末にはマンションと車のローンの引落しがある。千津もそれなりに切り詰めているつもりだが、毎月どうしても足りなくなる。

「ねえ、何とかしてよ。これじゃ生活できないわ」

抗議すると、夫は不機嫌この上ない表情で、吐き捨てるように言った。

「不況は俺のせいじゃない」

「でも、家庭への責任はあるでしょう」

「だったら、おまえも稼いで来いよ」

思わずカッとして言い返した。

「今さら何を言ってるのよ。結婚前、自分が言ったこと忘れたの。あなたが専業主婦を望んだのよ。家にいてくれって頼んだのよ」

夫はテーブルに拳《こぶし》を叩《たた》きつけ、大声で怒鳴った。

「うるさい、黙れ。いったい誰に食わせてもらってると思ってるんだ！」

離婚してから五年。

あんな男と別れて正解だったとつくづく思う。離婚直後は独り立ちできるか不安もあったが、案ずるより産むが易《やす》しで、千津は今、生命保険会社のセールスレディとして成功している。

求人広告でたまたま見付けた仕事だった。とにもかくにも働かなければならないという思いで始めたのだが、思いがけず自分の性に合っていたらしい。飛び込みで入った会社から大きな契約を取り付けることができると、それ以来、不思議なくらいとんとん拍子に契約がまとまった。

もちろん千津も努力した。客に対してはいつも親身に相談に乗ったし、雑談にも面倒がらずに付き合った。セクハラまがいのことをされても逃げ帰ったりはせず、辛抱強く接した。

成績はグラフとなって、事務所の壁に貼《は》り出される。千津の赤い棒は着実に上へと伸びている。

やがて、千津の仕事ぶりは同僚たちを圧した。それで上司の信頼を得、チーフという肩書きがついた。歩合なので、収入も格段に増え、今まで住んでいた古びたアパートから、2LDKのマンションに越すこともできた。

仕事は順調だった。契約を取るため、千津は毎日遅くまで飛び回った。どうせアパートに帰っても待っている人がいるわけではない。だったら仕事をしている方がよほど楽しい。

けれども、そんな状況ではとても家事にまで手が回らず、家の中はひどい有様《ありさま》だった。キッチンには洗い物がたまり、洗面所は洗濯物で溢《あふ》れ、トイレも風呂場も汚れ放題だ。疲れた身体《からだ》で家に帰ると、散らかったままの部屋にうんざりする。外食やコンビニの弁当ばかりでは身体に悪いと思いながらも、作るのも後片付けも面倒で、ついそれで済ましてしまう。

そんな生活に、時には孤独を感じることもあった。まだ三十代の半ばを過ぎたばかりだ。時々、寂しさで身体が捩《よじ》れそうになった。

そんな時、哲生《てつお》と出会った。

千津の下に配属された七歳年下の彼は、あまり仕事熱心というわけではなく、ミスをよくしでかした。それが気掛かりで、千津はつい彼を気にかけてしまう。そして、それは彼も同じだった。

関係を持った時は、結婚など考えてもいなかった。自分ひとりでこの有様だ、妻の役割までとても手が回らない。年下の恋人が持てただけで十分だった。

それがなぜ結婚しようと決めたか。

それは千津と哲生の思いが合致したからだ。

哲生は本来、家の中のこまごました事をするのが好きで、できることなら仕事なんか辞《や》めて専業主夫になりたいと、ある日、ベッドの中で打ち明けた。

「でも、そんなことを口にすると、男のくせにって軽蔑《けいべつ》されそうで今まで誰にも言えなかったんだ」

悪くない、と思った。

もし、哲生が家のことをすべてやってくれるなら、自分は思う存分、仕事ができる。週末を、たまった洗濯や掃除だけでつぶされることはないし、外食やコンビニの弁当ばかりの食事からも解放される。

「ねえ、結婚しない？」

千津は言った。

「私と結婚して、私の帰りを待つ夫になってくれない？」

哲生は驚いた表情で聞き返した。

「こんな僕でいいの？」

「あなたがいいのよ」


千津は満足していた。

家に帰ると、温かい食事が用意され、お風呂は沸いていて、清潔なタオルと下着、太陽の匂《にお》いがする布団が待っていた。

その上、セックスもいい。いつも仕事でくたびれ果て「疲れた」を連発していた前の夫と違って、哲生は日中は自分の好きなことをしているせいかエネルギーが十分に残っていて、毎夜のように千津を満足させてくれる。

ホームパーティを開いて友人たちを招いた時、哲生は行き届いたもてなしをしてくれた。若くて、愛想がよく、かいがいしく料理を運び、千津を優しく気遣う哲生の姿に、友人たちから羨《うらや》ましいを連発された。

その夜、ベッドの中で抱き合いながら、千津はうっとりと呟《つぶや》いた。

「幸せよ、私。この幸せが続くように仕事を頑張るわ」

「僕もだよ、千津さんが心おきなく仕事ができるよう、家のことは任せといて」

職場に新しい女性が入ってきた。まだ三十歳にもならない、千津から見ればひよっこでしかない女性だが、彼女はすぐさま大口の契約を三件取ってきた。客の評判も上々で、じきに事務所には彼女を指名する電話がよく掛かるようになった。

彼女のグラフの赤い棒が着々と伸びている。今にも千津を抜きそうな勢いだ。

千津は焦《あせ》った。このままでは今まで自分が手にしていたものをみんな奪われてしまう。現に、上司はひどく彼女に気を遣い始めている。同僚たちも一目置いている。もっと成績を上げなければ、もっと契約を取らなければ。

しかし、そういう時に限って、契約寸前までいっていた顧客からキャンセルが続いたりした。

グラフの赤い棒が、ついに彼女に越された夜、重い足取りで千津はマンションのドアを開けた。

「お帰り、食事の用意はできてるよ。それとも風呂を先にする?」

と、哲生がいつもの調子で出迎えた。

「悪いけど、どっちもいいわ、寝るから」

「どうしたんだ、身体の具合でも悪いのかい?」

「疲れてるだけ」

千津はベッドに潜り込んだ。このままではだめだ。何とかしなければ。

今度、上司を飲みに誘ってみよう。週末は脈のありそうな顧客をゴルフに招いてみよう。

けれども、そういった策はすべて空回りした。どころか、いったん悪い方に回りだすと何をやってもうまくいかず、千津の成績は低迷が続いた。

「なあ」

ベッドの中で哲生が身体をすり寄せて来る。

「悪いけど、今夜は疲れてるの」

千津はやんわりと背を向ける。とてもセックスを楽しむ余裕などない。哲生は家で家事をしているだけでエネルギーが有り余っているだろうが、千津はそうではない。

セールスレディの価値はすべて成績で決まる。それからしばらくして、千津はついに主任の座を彼女に奪われた。歩合なので、収入も目に見えてダウンした。

「あのさ、今月の振込みすごく少なかったろう、あれじゃやってゆけないんだ。もう少し何とかしてくれないかな」

夕食の時、哲生が言った。

「仕方ないでしょう、ここのところ契約がうまくまとまらないのよ」

「それを何とかするのが千津の腕だろう」

「私だって頑張ってるわ」

千津は言い返し、思わずため息をついた。

「あなたはいいわね、気楽で。家で家事だけやってればいいんだもの」

哲生が仏頂面《ぶっちょうづら》をする。

「そういう言い方はないだろ」

「あなたに私の苦労の何がわかるって言うの、女が外で働くってことはね、並大抵のことじゃないのよ」

「でも千津が言ったんじゃないか。頑張って働くから、家で帰りを待つ夫になって欲しいって。今更、そういうこと言うなんて約束違反じゃないのか」

哲生の言葉に思わずカッとして、千津は手にしていた箸《はし》を投げ付けた。

「いっぱしのこと言うんじゃないわよ。いやなら出てゆきなさいよ、いったい誰に食わせてもらってると思ってるのよ！」

哲生が醒《さ》めた目で千津を見上げている。

その目をどこかで見たはずだと、千津はぼんやり考えていた。

思い込み

奈々子《ななこ》は不思議でならなかった。

どうしてこんな簡単なことがわからないのだろう。

コーヒーショップの狭苦しいテーブルの向こうで、友人の紀子《のりこ》が小さなため息を繰り返している。

「ねえ、奈々子、それってどう思う?」

「そうねえ」

奈々子は曖昧《あいまい》に答えて、カプチーノのカップを口に運んだ。

紀子は再び、彼がどんなに素敵で、自分たちがどんなにドラマチックな出会いをしたか、巻き戻したビデオのように語り始めた。

「運命だと思うのよね。本当は行くつもりのなかったパーティに出て、酔っ払った中年男に絡《から》まれて、それで彼がさっと現れて、私の背に腕を回して『僕の彼女に何か?』って助けてくれたでしょう。あの時の中年男の顔ったらなかったわ。『何だ、男と一緒なら最初からそう言えよ』なんてあたふた逃げ出しちゃって」

それで、交換した名刺のアドレスに、翌日、メールを送ったというわけだ。

「助けてくれたお礼に一緒にご飯でもいかがですか?　って。返事はあったのよ。ただ、大したことをしたわけじゃないんだから、そんな気遣いはしないでくださいって言うの。それでね、私、もう一度メールしたの。そんな遠慮は無用ですって」

「で、返事は？」

奈々子はカプチーノを飲む。

「それがないのよ。ねえ、それってどう思う？」

紀子が身を乗り出し、同じ質問をする。

仕方なく、奈々子は答えた。

「彼、照れ屋なんじゃない？」

紀子は納得したように大きく頷《うなず》いた。

「やっぱり奈々子もそう思う？　きっと女性からご飯を誘われて、どう返事していいかわからないのよね。すぐにOKしたら、図々《ずうずう》しい奴と思われるんじゃないか、なんて」

「しばらく様子を見てみたら」

「そうね、そうするわ。彼の方も今頃、どうしようって悩んでるんだと思うわ。彼みたいなタイプって、きっと何事もじっくり時間をかけるのよ。いいわ、今夜またメールしてみるわ」

奈々子は窓の外に目をやり、紀子に気付かれないよう湿った息を吐き出した。

本当はこう言ってやりたい。

お気の毒さまだけど、まず、彼にその気はないわね。何をどう考えたって、婉曲《えんきょく》に断ってる。恥をかく前に諦《あきら》めなさいって。可能性はないって。

向かいでは、紀子がにこにこ笑っている。

奈々子も調子を合わせてほほ笑み返す。

前向きという言葉をすべて自分に都合よく解釈して、現実よりも幻想ばかりを追い掛けて、経験がいつまでたっても身につかない紀子のような女は、結局、誤解を頼りに生きてゆくしかない。


「彼、仕事がものすごく忙しいのね。月に一、二度のデートがやっと。だから、会うとすぐにホテルに直行するってパターンなの。ご飯も出前をとって済ませちゃう。もう、短い時間でやるだけやっちゃうって感じ」

小洒落《こじゃれ》た居酒屋で、初美《はつみ》が愚痴《ぐち》なんだか惚《のろ》けなんだかわからないことを言っている。

「それで初美はいいわけ?」

「そりゃあ不満はあるわ。でも忙しいのはわかってるし、短い時間を割《さ》いて私に会いに来てくれるっていうのはちょっと嬉《うれ》しいじゃない」

「確か彼の勤め先、一流の商社よね」

「まあね」

初美が満足そうに唇の端をきゅっと持ち上げる。

「結婚なんか考えてるわけ?」

「そりゃあ考えてないわけじゃないわ。年も年だし」

奈々子はピルスナーのグラスを口にする。

「約束なんてしてるの?」

「わざわざ口には出さないけど、彼がそのつもりでいることはよくわかるわ。私のこと、僕の一番の理解者だって言ってくれてるから」

「じゃあ、もう彼の家族には会ったりしてるの?」

意地悪だと思いながら奈々子は尋ねる。けれど、この質問を意地悪だと感じるような初美ならまだ救われるかもしれない。

「それがね、彼にお兄さんがいるんだけど、まだ独身なんですって。だから、できたら親に紹介するのは兄貴の結婚が決まってからにしたいって彼が言うの」

「そんなのいつになるかわからないじゃない」

「最近、お見合いをいっぱいしてるって言うから、きっともうすぐだと思うわ」

それは本当の話? だいたいお兄さんなんて本当にいるの?

「今度のデートはいつ?」

「彼次第ね。いつ連絡があるかわからないし、会うとなったら急でしょう。だからいつも予定をあけておかなくちゃならないから大変」

奈々子は喉元《のどもと》まで出掛かった言葉を、ピルスナーと一緒に飲み込んだ。

どう考えても、彼は遊びだと思ってる。初美をヤルだけの女と思ってる。本気で好きな女にそんな召使いのような扱いができるはずがない。

ねえ、それがどうしてわからないの？

初美が向かいで首を傾ける。

「なに？」

「ううん、何でも」

そこそこの美人で、自分が他人にどう見られているかたえず気にし、仕事に生きるより楽がしたくて、虚栄心とプライドを根本的に混同していて、肩書きが何より大好きな初美のような女は、結局、勘違いの恋を繰り返すしかない。


「色々とあるのよ、事情が」

久恵《ひさえ》はワインのグラスをゆっくりと回した。

奈々子は黙って久恵の指を見ている。

「あの人を追い詰めたくないの。これ以上、苦しめたくないの」

久恵の彼は結婚している。子供もふたりいる。まだふたりとも小学生だ。典型的な不倫関係というやつだ。

「優しい人なの」

「そう」

奈々子は頷く。

「優しいから、すべてをひとりで抱え込んでしまうの」

好きになった男はみんな優しい。たとえ他人には身勝手な仕打ちに見えても、そこには本人しか理解できない優しさが潜んでいるものらしい。

「それで、堕《お》ろすの？」

奈々子は核心に触れる質問をした。

「そうするしかないもの」

「本当にそれでいいの？」

これで堕胎は三度目だ。大の大人がどうして避妊もまともにできないのだろう。腹立たしいというより、愚かとしか思えない。

「彼にすまないって泣かれたわ。つらい思いを君にばかり押しつけてすまないって」

久恵がワインを口に運ぶ。

ライトが当たって、もう若くはない久恵の指が浮かび上がる。

左の薬指にゴールドの、そう高くはないとすぐに想像がつくありふれたファッションリングがはまっている。彼からのプレゼントだ。それも三年も前のものだ。せめて、それをはずす勇気があれば、新しい人生を見つけられるかもしれないのに。

「結婚を望んでるわけじゃないの。そういうことで、彼と付き合ってるんじゃないの」

嘘《うそ》つき。奈々子は知っている。ウエディング特集の雑誌を、何冊も押し入れの中にしまいこんでいるのを。

「私は満足してるわ。彼の気持ちさえあれば、それでいいの」

恍惚《こうこつ》とした表情で久恵は呟《つぶや》く。

奈々子は久恵から目を逸《そ》らし、ワインを傾けた。

本当は言いたい。テーブルを拳《こぶし》で叩《たた》いて、久恵の目を覚まさせてやりたい。

最低の男よ。どうして自分が都合のいい女になっていることがわからないの？

仕事を持ち、経済的に自立し、それでいて主婦にコンプレックスを抱《いだ》き、女の本当の幸せは何なのだろうといつも考えているような、もう自分が若くないことを自覚し始めた久恵のような女は、先のない恋でもそれにすがるしか術《すべ》がない。


「今度こそ別れる」

奈々子は声を荒らげて言った。

「誤解だって、あっちが勝手にアパートに押し掛けてきたんだろ。何でもない。単なる知り合いさ。俺だってびっくりだよ」

ついさっき、彼と一緒に部屋でビデオを観《み》ていると、短いスカートをはき、大きな胸をした若い女がやって来た。

玄関で短いやりとりがあり、彼は彼女の背を押すようにして出て行った。そして、四十分も帰って来なかった。

「これが初めてじゃないでしょ。いったい何回目だと思うの？　もう騙《だま》されない。もう絶対に別れる」

彼は今まで何度も女を作った。そうして色んなものを買ってやったり、食事や旅行に連れて行ったりした。そのくせ奈々子にはプレゼントのひとつどころか、逆に金をせびる。

「みんな済んだことだろ。それに、色々あっても結局は奈々子のところに帰って来てるわけだし、つまり、俺にとっての本命は奈々子だけってことなんだからさ」

不思議だった。そのセリフを聞くと、今まで本気で腹をたてていたはずなのに、つい、どこかで満足している自分が出現する。

彼の前に現れるどんな女より勝っている。そう言われている気がして優越感がくすぐられる。

「本当にもう浮気はしないって約束してくれる？」

「もちろん」

彼の言葉に、奈々子は頷く。

そうして友人たちのことを思い浮かべる。

「あんな男と付き合ってる彼女たちより、私の方がずっとマシだわ」

気が小さくて、嫉妬《しっと》深くて、自意識が強く、頭でっかちで、他人の不幸を持ち出さなければ自分に安心できない奈々子のような女は、たいてい後で臍《ほぞ》を噛《か》むことになる。

運命の人

「今度の結婚記念日、どこか旅行にでも行かない?」

マキはキッチンで夕食の後片付けをしながら、ナイターを熱心に観《み》ている夫の宗也《むねや》に声を掛けた。

「そうだなぁ」

あまり乗り気でなさそうに宗也が答える。

「どこかのんびりできるところ。おいしいものが食べられて、海でも見られれば最高」

「休み取るの大変なんだよ」

「有休、全然取ってないじゃない」

「それはそうなんだけど。おっと、やった、抜けた、ヒットだヒット!」

まともな返事も返さないまま、宗也は再びテレビに気を取られている。

マキは大きくため息をついた。こんなやりとりはもう慣れっこだ。

結婚して五年。子供はない。すでに会話らしい会話はほとんどなく、食事の時でさえまともに顔を合わせなくなった。相手に対しての興味が薄れ、セックスも月に一度あるかどうか。喧嘩《けんか》しないのは、仲がいいわけではなく、すでにぶつかり合うほどのエネルギーもなくなってしまったからだ。

結婚して、五年もたてばそんなもの。

誰もがそう言う。

確かに、宗也は暴力を振るうわけでも、酒乱でも、借金癖があるわけでも、若い女に入れ込んでいる（小さな浮気はあるかもしれないが）こともない。これが平和で穏やかな生活というものなのかもしれない。

そんなことを親しい主婦と話していると、彼女もまた同じようなため息をついた。

「うちもそうよ。もう毎日、こんなはずじゃなかったの繰り返し。思わず、浮気しちゃおうかなんて」

「本気なの？」

「ううん、思うだけよ。でも、このままだったら本当にしちゃうかもしれない」

頷《うなず》きはしなかったが、内心、マキも同じことを考えていた。このまま人生を過ごしてゆかなければならないなんてたまらない。まだ私は三十半ばで若い。恋だってできるはずだ。もちろん人生をやり直すことだって。

「時々思うの、もしかしたら私、結婚する相手を間違えちゃったかもって」

そう言って、ゆっくり彼女は顔を向けた。

「どうして？」

「たぶんダンナは運命の人じゃなかったのよ」

「運命の人？」

「そう。実は昔、そう思える人がいたの。その人、まともな職もなくて、世界中をぶらぶら放浪するような人だったの。結婚はできないと思ったわ。でも、好きだった。本当に好きだった。出会った時、運命を感じたもの。もしあの人と結婚していたら、確かに大変だったかもしれないけれど、毎日、生きてるって実感しながら生活してゆけたような気がするの」

マキは尋ねた。

「ねえ、もし今、彼が目の前に現れたらどうする?」

彼女はうっとりと笑みを浮かべた。

「本当は、心のどこかでそれを待ってるのよ」

少女趣味と笑う人もいるだろう。現実を見ていないとも、単なるないものねだりとも呆《あき》れられるかもしれない。

けれども、マキには彼女の気持ちがよくわかった。マキもまた、今のどこか半分死にかけた生活から自分をさらってくれる誰かを心の底で待っていた。

夫の宗也とは、友人の紹介で知り合った。三歳上の宗也は、あまり女性と付き合った経験がないらしく、気の利《き》いた会話ができるわけでも、洒落《しゃれ》た場所に連れて行ってくれるわけでもなかった。早い話、面白みのない男だった。

それでもマキは時間をかけて宗也という人間を観察した。宗也は仕事熱心で、時間にもお金にもルーズなところは見られなかった。条件としては悪くなかった。宗也となら、ときめきはなくても、きっと安定した将来を築いてゆける。

だから考えて、考えた末に、結婚を決めた。

なのに、どうだろう、五年でこんなだ。


「ねえ、サイパンはどう？」

「何だよ、急に」

「ほら、結婚記念日の旅行」

「ああ、あれ。でも、どうしてサイパンなんだ？」

「海はきれいだし、食べ物はおいしいし、それに近いし、お値段も手頃でしょう」

「まあ、確かにな」

「じゃあ決めていい？」

「そうだなぁ」

「あなたの都合がつかないなら、私、ひとりでも行って来るわ」

宗也はうんざりしたように答えた。

「わかったよ、何とかするよ」

若い頃、友人たちと一緒にサイパンに遊びに行ったことがある。

その頃は、サイパンだけでなく、色んな場所に遊びに出掛けた。海外旅行なんて当たり前の年ごろだった。

その中でも、サイパンが特別に印象に残っているのには訳がある。海で溺《おぼ》れてしまったからだ。

遠浅の海と油断していたら、深みに足を取られた。がくん、と前のめりになり、そのまま海中に沈んだ。海水を思いっきり飲んだ。それだけでパニックに陥った。息ができない。足がつかない。恐怖で激しくもがいた。友人たちは浜辺で身体《からだ》を灼《や》くことに没頭している。

苦しい、助けて、誰か、誰か。

マキは声にならない声で叫び続けた。やがて意識がぼんやりした。もしかしたら死ぬのかもしれない、そう思った瞬間、腕が伸びて来た。太く、逞《たくま》しい腕だ。まるで神様が差し出した腕のように思えた。それにマキはしっかりとしがみついた。

引き上げられて、太陽に目が眩《くら》み、熱い空気が肺の中に入って来た。

「大丈夫ですか」

彼は言った。

「……はい」

答えるのが精一杯だった。いつかマキは気を失っていた。

気がついたのはホテルの医療室だった。友人たちが心配そうにベッドの周《まわ》りを取り囲んでいた。

助けてくれた人が誰なのか、友人たちもわからないと首を振った。がっかりだった。会って、直接お礼が言いたかった。顔は覚えていないが、マキの腕をしっかりと摑《つか》んだあの腕のことはよく覚えている。もし彼がいなかったら、きっと自分は死んでいただろう。彼に命を与えられたようなものだ。

あの時、どんなことをしても探すべきだった。実際、あちこちに聞いて回ったのだが、わかったのは若い学生ふうの男というだけで、他には何も情報を得られなかった。

残念なことに顔もまともに覚えていない。覚えているのは、マキの手を摑んだあの太く逞しい腕だけだ。

運命の人。

友人がその話をした時、マキはすぐにサイパンでのことを思い出した。

行きたい、と思った。会えるはずなどあるわけがないが、もう一度行ってみたい。


サイパンの空は混じり気のないブルーに塗り込まれ、乾燥した風が白く輝いていた。

飛行機の中から、すでに宗也は「疲れた」を連発して、ホテルに着いても気持ちが躍るような海の景色も楽しもうとせず、ベッドに倒れこんだ。

「この休みを取るのに、いつもの三倍の仕事量をこなして来たんだ」

マキは呆れ、水着に着替えてひとりでビーチに出た。

しばらくパラソルの下でフルーツカクテルを飲みながら、ビーチベッドに横たわっていた。しかし、周りはほとんどカップルで、それも臆面《おくめん》もなくいちゃついている。居づらくなって、海に出た。

膝《ひざ》まで海に浸《つ》かり、ゆっくりと遠浅を歩きながら、宗也との生活を考えた。

本当にこのままでいいのだろうか。これからもこんな生活が続くのだろうか。もっと別の生き方があるのではないか。遅すぎるなんてことはないはずだ。やり直すなら、少しでも早い方がいい。まだ若さが残っているうちに。新しい人生。新しい出会い。

そんな言葉が頭の中をぐるぐる回った。

その時、突然、足の下がすっぽりと抜け落ちた。

えっ、と思った瞬間、マキの身体は吸い込まれるように、海の中に沈んで行った。

起き上がろうとするのだが、足がつかない。恐怖と後悔が襲った。遠浅と思って油断したのが間違いだった。これではあの時と同じではないか。

海水が口と鼻から入って来た。

息ができない。苦しい。誰か、助けて。

必死にもがいて手を伸ばした。

誰か、誰か、早く助けて、死んでしまう。

瞬間、腕が海面から下りて来た。あの腕だった。そうだ、間違いない。あの時、私を救ってくれた太く、逞しい、神様の手だ。

今、あの時と同じことが起こっている。これはタイムスリップだろうか？　それとも奇跡なのだろうか？　マキは夢中でその手にしがみついた。

「バカ、おまえ。何やってんだよ」

聞き覚えのある声がした。目の前に宗也の顔があった。

「あなた……」

肩で息をしながら、マキはようやくの思いで答えた。

「苦しいか、医者に行くか？」

「ううん、大丈夫」

「そうか、よかった。驚かすなよ、まったく。こっちの命が縮まったよ」

それから宗也はホッとしたように、表情を緩《ゆる》めた。

「今、思い出したよ。学生の頃、このサイパンで同じような女の子を助けたことがあったなって」

マキは思わず顔を上げ、ぼんやりと宗也を見つめた。

文庫版あとがき

初めてのショートストーリー集です。

毎月一回、十枚という原稿を、いったい何を題材にして埋めればよいものか、迷いながら悩みながら、書きました。

やはり女と男のお話です。

意識したわけではないのですが、どちらかと言うと皮肉めいたもの、アンハッピーなものが大半を占めることになりました。

もしかしたら、連載していた頃、私がそんな状況だったのかもしれません。

短ければ短いほど、書き手のナマの気持ちが反映されるものだと、このショートストーリーを書いて知ったように思います。

また、今まで物語を書くにあたって、ディテールがどれほど大切かわかっていたつもりですが、今回、それを省略する面白さも知りました。

人の心は奥深く、掘り下げても掘り下げても、ひもとくのは難しいですが、その逆に、ほんの瞬間から見えてくる真実もあるのだと感じました。

実を言うと、その後、このショートストーリーを膨らませて短編や長編にしたものもあります。

結局は、私自身がいちばん楽しませてもらったことになるのかもしれないと思うと、何だか申し訳ないような気持ちです。

最後になりましたが、お忙しい中、解説を引き受けて下さった鎌田敏夫さんに心から感謝します。長年、鎌田ドラマ、鎌田作品で、物語を作り上げてゆく楽しさを知った私にとって、こんな光栄なことはありません。本当にありがとうございました。

読んでくださった方と、この本の中で、一瞬を重ね合うことができますように。

感謝をこめて。

二〇〇三年四月

唯川　恵

解説

鎌田敏夫

恋愛は殺人と似ている、と言った人がいる。それも、理由なき殺人と。

ある日、突然、ある人の命が欲しいと思う。それが、理由なき殺人である。ある日、突然、ある人の心が欲しいと思う。それが、恋愛だ。

でも、心とは一体何だろう。

自分の心さえよく分からないのに、他人の心が分かるものだろうか。分からないくせに、人の心を自分のものにしたいと思う。

どんな風に。どうやって。

恋とは、理不尽なものだ。訳の分からないものだ。

この短編集にも、『恋の不条理』というショートストーリーがある。その中で、「恋と幸福は違う場所にある」と、作者は書いている。ヒロイン麻子は、自分の愚かさが分かっていながら、幸せにしてくれそうもない男に執着していく。

「バカよ、そんなことをするのは」

恋に夢中になる友人に、そんな忠告をしたことのある人は多いだろう。でも、多くの場合、友人は、忠告を無視してしまう。

『女ともだち』の可奈は、結婚して十日もたたないときに、夫が突然いやになったと、女ともだちの江里子のところに転がりこんでくる。

「あの男に触られるだけでゾッとするの。生理的にイヤなの」

と、さめざめと泣いていたくせに、しばらくすると、さっさと男のところにもどっていくのだ。

「結局、男と女のトラブルになんて、巻き込まれるだけ損を見るということなのか」

残された江里子は、唖然としてしまう。

恋というのは、恋の当事者にとっても、まわりの人間にとっても、訳の分からないものなのだ。

作品は、どれもがショートストーリーだから、これからどうなるのかと思うところで物語が終わっている。読者には、その後を想像する楽しみが残される。親しい友人と、その後を話し合うのも面白いかもしれない。身近な人のことをあれこれ言うのも楽しいが、どこか気の咎めるところがある。その点、小説の中の人物なら、勝手な意見が言える。友人と、恋について、人生について語るのに、いい副読本かもしれない。

中年にさしかかった独身女性が、コンビニで知り合った若い男にのめりこんでいく『いつまでもいつまでも』。

「老後の資金にと、ちまちま貯めた預金なんて、少しも私を幸福にはしてくれなかった。愛することだけで満足できる相手というものが、今の自分には必要なのだ」

と、民江は思う。

でも、本当にそれでいいのだろうか。そんなのは、ただいっときの思いではないのか。ただいっときでも、そんな思いを持てたことが幸せなのだろうか。

それは、読者が決めることだ。

『幸福の代償』のヒロイン宏美は、不倫の恋をして、男に妻と離婚させることに成功する。勝ったのだ。

しかし、男の貯金も、宏美の貯金も、離婚の慰謝料で消えてしまい、生活は苦しいものになる。妊娠が分かっても、生むことはできなかった。そんなとき、男と別れた妻が、洒落たパンツスーツをすっきりと着こなして、ブランドのバッグにブランドの靴を履き、手首にも高価な時計をしているのを見てしまう。私と彼の慰謝料が、妻を素敵にすることに消えたのだろうか？　宏美の心は揺れる。

彼女は、これからも、経済的に苦しい男との生活をつづけていけるのだろうか。後は、読者同士で語り合う楽しみだ。

この短編集には、男と女のあらゆるシチュエーションが書かれている。読者は、どこかで、自分を見つけるだろう。知り合いが、ヒロインになっているかもしれない。

『美人の顚末』の澄香は、小さいときから美しかった。男が簡単に夢中になってしまうから、澄香の方はしらけてしまう。

「百パーセント自分に惚れているとわかっている男に、どうして切ない恋心を抱くことができるだろう」

と、思いつつ、澄香は年を重ねてしまう。

「美人には恋が似合わない」

そうそう、ぼくのまわりにも、恋の似合わない美人がいる。そして、

「澄香さんって、昔はさぞかしきれいだったんでしょうね」

相手を傷つけているとも知らずに、褒めているつもりで、こんなことを言う若い男も一杯いる。

男とつき合っていると、ゴミの量が増える。別れると、とたんにゴミが少なくなる。隣の女のゴミの量に嫉妬する『隣の女』は、女性作家らしい鋭い観察力だ。

高級ブランドショップに勤めている『罠』の友子は、客にお世辞を言うたびに、

「その服はもっとスタイルがよくて、顔立ちのはっきりした女に似合うの。そう、私のような女にね」

と、思っている。友子の心の中には、ゆき場のない怒りが溜まってくる。その怒りに、忍び込んでくるのが、ねずみ講のような栄養食品のシステム販売だ。いるいる、まわりにも。こんな風にして借金を作ってしまった女性が。

このアンソロジーのどれもが、アンハッピーな印象で終わっているのは、作者のせいではなく、恋のせいだ。

恋は、一瞬の情熱なのだ。ほんの一瞬、相手の心を自分のものにしたと心が歓喜に震えても、いつのまにか、手の間から熱い思いは滑り落ちていく。

いっそのこと、動物のように発情期があって、生殖行為に熱中するのは発情期だけということなら、人間はもっと生きやすかっただろう。動物は、種の保存のために相手を求めるのであって、心などというややこしいものを相手に求めたりはしない。

人間は、発情期を失ってしまって、一年中発情している動物である。男は、年中、女を求め、女は、年中、男を求めている。他の動物が見ると、何をやっているのだろうと不思議に思うだろう。

人間は、本能の行為であるものを、文化にしてしまった。恋愛というよく分からないものをつくり出してしまった。そして、自分でつくり出したものに翻弄されることになる。

恋は、バラ色。それは、人間が勝手に作り上げた幻想だ。でも、人は、恋をすることで、匂うようなバラ色の花を見てしまうことがある。一瞬の幻想が、実在しているもののように思えるときがある。

それは、人間だけが持つことのできる、素晴らしい文化なのだ。だから、人は、恋をやめられない。恋愛小説も尽きることがない。

このアンソロジーは、『運命の人』という掌編で終わっている。結婚前に、マキは、サイパンの海で溺れるところを助けられた。男の逞しい腕は覚えているが、気を失ってしまったから、相手の顔は見ていない。あのとき、ちゃんと気づいて、話をしていれば、あの人は、私にとって運命の人だったかもしれない。マキは、ずっと思いつづける。やがて、結婚して、夫と一緒にサイパンに行くことになる。

そして。

オチを種明かししてしまうことは出来ないが、よく出来た、心の温まるショートストーリーである。最後に、この短編をもってきたのは、とても素晴らしい構成だと思う。

温まった心が冷えないうちに、このアンソロジーを閉じよう。

（かまた・としお／脚本家・作家）

本書は、二〇〇〇年十二月に小社より単行本として刊行されたものに加筆・訂正しました。

Haruki Bunko
ハルキ文庫
ゆ 5-1

ゆうべ、もう恋《こい》なんかしないと誓《ちか》った

著者　唯川 恵《ゆいかわ けい》

2003年5月18日第 一 刷発行
2009年4月28日第十七刷発行

発行者　大杉明彦

発行所　株式会社角川春樹事務所
〒101-0051東京都千代田区神田神保町3-27二葉第1ビル

電話　03(3263)5247(編集)
03(3263)5881(営業)

印刷・製本　中央精版印刷株式会社

フォーマット・デザイン　芦澤泰偉
表紙イラストレーション　門坂 流

ISBN4-7584-3044-6 C0193
http://www.kadokawaharuki.co.jp/[営業]
fanmail@kadokawaharuki.co.jp[編集]　ご意見・ご感想をお寄せください。

唯川 恵 編

しあわせの瞬間《とき》

恋愛、友情、家族——日々の生活の中でふとしたことに感じるしあわせってありませんか？本書には、読者から寄せられた多数のアンケートをもとにセレクトされたそれぞれの幸福の瞬間がちりばめられています。ちょっと憂鬱な時、ひとりぼっちが重荷の時、泣きたい時、そしてどうしてもしあわせを見つけられない時……この本を開いたらあなたもきっと「しあわせ」の種を見つけられます。
〈絵・朝倉めぐみ〉

ハルキ文庫

恋愛小説アンソロジー

ナナイロノコイ

愛をおしえてください。恋の予感、別れの兆し、はじめての朝、最後の夜……。恋愛にセオリーはなく、お手本もない。だから恋に落ちるたびにとまどい悩み、ときに大きな痛手を負うけれど、またいつか私たちは新しい恋に向かっていく——。この魅力的で不思議な魔法を、江國香織、唯川恵他、いまをときめく七人の作家がドラマティックに贅沢に描いた小説アンソロジー。

ハルキ文庫

江國香織の本

ウエハースの椅子

「私の恋人は完璧なかたちをしている。そして、彼の体は、私を信じられないほど幸福にすることができる。すべてのあと、私たちの体はくたりと馴染んでくっついてしまう」——三十八歳の私は、画家。恋愛にどっぷり浸かっている。一人暮らしの私を訪ねてくるのは、やさしい恋人（妻と息子と娘がいる）とのら猫、そして記憶と絶望。完璧な恋のゆく果ては……。とても美しく切なく狂おしい恋愛長篇、遂に文庫化。

群 ようこの本

ヒガシくんのタタカイ

「家族って、大変だなあー」ヒガシケイタくんは現在、私立中学の三年生。サッカーが大好きで、成績は中くらい。特別、目立たないが、女子生徒にはもてるほう。幼稚園からエスカレーター式の学校で、比較的のんびりとした生活を送っている。が、両親の離婚、再婚、わがままな彼女、将来への不安……と悩みは尽きない。ケイタくんをはじめとするヒガシ家の人々の日常生活における機微を鮮やかに描き出す、長篇家族小説。

ハルキ文庫